春梦六解

张清华 著

人民文学出版社

图书在版编目(CIP)数据

春梦六解/张清华著.—北京:人民文学出版社,2021
ISBN 978-7-02-016737-1

Ⅰ.①春… Ⅱ.①张… Ⅲ.①世界文学—文学研究 Ⅳ.①I106

中国版本图书馆 CIP 数据核字(2020)第 239265 号

责任编辑　樊晓哲
装帧设计　陶　雷
责任校对　杨益民
责任印制　徐　冉

出版发行　人民文学出版社
社　　址　北京市朝内大街 166 号
邮政编码　100705
网　　址　http://www.rw-cn.com

印　　刷　北京盛通印刷股份有限公司
经　　销　全国新华书店等

字　　数　136 千字
开　　本　880 毫米×1230 毫米　1/32
印　　张　7.625　插页 1
印　　数　1—5000
版　　次　2021 年 4 月北京第 1 版
印　　次　2021 年 4 月第 1 次印刷

书　　号　978-7-02-016737-1
定　　价　48.00 元

如有印装质量问题,请与本社图书销售中心调换。电话:010-65233595

目录

1	序·说梦记
1	宝玉之梦
35	克劳狄乌斯之梦
71	贾瑞之梦，抑或风月宝鉴
111	浮士德之梦
149	宋公明与黑旋风之梦
187	西门之梦
227	解梦后记

春梦
六解

序·说梦记

序·说梦记
宝玉之梦
克劳狄乌斯之梦
贾瑞之梦·抑或风月宝鉴
浮士德娜之梦
宋公明与黑旋风之梦
西门之梦
解梦后记

梦的历史和人类的历史一样古老，而谈论梦的历史恐怕也一样，只是没有那么早地记录下来。庄周是最有名的例子，但是那样的谈论，则不免不够"接地"，止于一个哲学式的发问，立刻变成了玄学逻辑。弗洛伊德是伟大的谈论者，但有些谈论的方式在很多年中并不适用于中国。即便在鲁迅看来，他的有些看法也是有悖于中国人的伦理的。

鲁迅曾谈论过梦，借了弗洛伊德的方式，但他认为中国人须先解决食欲的问题，然后才能谈到性欲之类。当然，那是三十年代的艰难时世，鲁迅很难抱以纯粹学术的态度，因为有现实的不得已。

但鲁迅是针对某个具体事情的，那也是大时代的奇葩。在一份叫作《东方杂志》的刊物上，他看到了由某记者收集的一百多个梦，自然大喜过望。然而翻看之后，不免又失望。因为那记者将这些梦境悉数做了加工，变成了"载道的梦"，与"大家有饭吃"有关，与社会大同有关，再次，也与"渔樵于江渚"等诗意的设想有关。于是他提醒说，梦须不会是为了装点门面的。

"单是做梦不打紧，一说，一问，一分析，可就不妥当了。"鲁迅提点得是，这也是在下的担心。作为无意识的产物，人在梦中当然一般不会作假。有"假寐"而无假梦，这应该是知识人的共识。然弗洛伊德也还说了，有"伪君子式的梦"——他在《梦的解析》中专门谈到了这一点。如果让在下解释，这应该是"超我"在无意中也进入了梦境，并且试图给"本我"以某些影响。他举出的例子，是有人一直梦见自己在无报酬的情况下，一直在童年时的裁缝店里帮助干活。还有他自己，也经常在取得了成功的时候，还会做"失败的梦"，以作为一种自我的提醒和惩罚。

显然，"超我"在进入梦境的时候，依然无法完全掌控主人公的人格状况，故一方面它显示了善的愿望，另一方面又不免很假。

梦境世界给了我们太多启示，因为梦境无意间流露了人的自然天性，暴露了人的生命本相，这也是我们可以对之进行分析的价值所在，以及意趣所在。解读梦境便是等于打开了人世的黑箱子，生命的黑匣子。

而且梦境与文学有关，这太有意思了。以至于弗洛伊德在解梦的时候，一方面是拿他所经历过的那些病例来演示，更重要的则是经常拿文学作品来说事。他的最经典的概念中，有很多都是通过分析文学作品提出的。

笔者之所以也来尝试"解梦"，确乎不是想哗众取宠，而是回应了"文学梦"这样的元命题。文学作为虚构之物，承载了人性的诸般秘密，它的装扮背后，定然有无法剔除的真实的精神活动作为根基。所以文学本身也是梦，是"春梦"的另一种形式。不然怎么会有《红楼梦》，有那么多诗歌中的梦，以及与之相似相关的各种幻形、幻想和幻象？

因此上，解梦其实还是解文学、解文本。只是我不愿板着面孔，端着架子来解读，希望能够找一个方式，换一种口味，能够解得有趣。而且不依照逻辑的推演，更不敢弄成学术著述的模样，而是一种发散式的、跳跃式的联想，不在乎观点是否辩证，而在于有所启示——甚至连启示也不要，而是单纯要求好玩、有趣。定位于这样一种格调，我感到了一种如释重负的轻松，有了一种多年未有的自我解放的体验。我感觉到了那种学术文体所无法传递，也无法包含的信息量，它们在那里，以混乱和无名的方式，发散着，窃窃私语着，互相感染和激活着，泛出了让我有意外欢喜的道道涟漪。

然而——既属解梦，就有不靠谱之处。坊间的类似说法，如同星座之说云云，多数是模棱两可，半带忽悠的。即便是弗洛伊德的那些分析，也未见得都能说服人，何况在下。所以请读者朋友万勿当真，只当是虚构的随笔文字，而绝无学术的野心。

  感谢《收获》的程永新主编以及其他的编辑朋友们。永新先生至少已鼓励我四五年了，希望我能够写一点合适的文字给他看。拖了这么久，我终于鼓起了勇气把这些文字发给他，如果能够入其法眼，则是莫大的荣幸了。

春梦

六解

宝玉之梦

序·说梦记
宝玉之梦
克劳狄乌斯之梦
贾瑞之梦,抑或风月宝鉴
浮士德之梦
宋公明与黑旋风之梦
西门之梦
解梦后记

崒兮直上，忽兮改容，须臾之间，变化无穷。

——宋玉《高唐赋》

一 始于"一枕黄粱"

店主的蒸锅上渐渐冒出了热气，粟米的香味依稀飘着。这无所事事的青年顾盼了一会儿，把他的马拴到马桩上，嘴里不停地长吁短叹着，倚着门框坐下来。此刻正有一位慈眉善目的长者，坐于旁侧的席榻之上，一副鹤发童颜之相。问他：年轻人，何故叹息啊？他说：唉，老丈见笑了，看这三春将尽，人生苦短，想做的事情做不成，故有感慨啊。

老者笑道：理解理解。不过我有一物，可以解忧，未知年轻人愿意一试否？说着，他从怀中掏出了一枚枕头，小巧而精致，放在席榻之上,说:你躺下试试。

年轻人一将头挨到枕头上,登时安静下来,不久便发出了轻轻的鼾声。他睡着了,进入了那老者早已设计好的梦乡。梦自然是程序化的,老者有一个古老的软件,专治那些多有梦想却困于现实之人,他们的幻想症所带来的痛苦。

事情发生在公元八世纪的前半叶,记于几十年以后。只不过,故事发生的时候,是"小邑犹藏万家室"的开元盛世,那时大唐是世界的核心,四方幻想的天国圣土;而这作者记下此故事的时间,已是安史之乱之后,一个略显凋敝颓圮,且时有兵灾的中唐时期了。那小伙在梦中经历了一番极尽曲折的富贵荣华,醒来时终于明白,他自己所苦苦困厄的人生志向,不过是一场转瞬即逝的幻梦。而那一时刻,锅灶里黄澄澄的粟米尚未蒸熟,唯有空气里飘来的馥郁香气。

这便是有名的《枕中记》的故事,也是中国人凡妇孺皆知的"一枕黄粱"成语的来历。故事中自然有作者——这位叫作沈既济的中唐才子,他的万千感慨。他写的是一个人的梦中经历,但寓意的,却是家道与国运的盛衰成败与无常变化。

但这复述显然还不够精细,借用弗洛伊德的说法,作为"愿望的达成",此梦之繁复和生动,之延宕与周全,真的非同一般。而且那写法,故事的构造与章法,在唐人的众多"传奇"中,又属"梦叙事"的经典之作。这给了后世中国小说以很大的影响,甚至于稍稍敏感一点的人，大概都能从中看到一个《红楼梦》的粗糙原型——由"黄粱一梦"到"红楼一梦"，只是颜色稍稍变了一下，故事的核儿并没有变。做梦者从姓卢的穷书生，到富家子弟贾宝玉，都是"假捏出名姓"的虚构人物，而故事则是丰富且颓伤了许多。

当然，沈才子的细节叙述功夫，也堪称一流。

那梦中究竟发生了什么？我们还得回溯一番。却说那年轻好奇的卢生，一将头挨到了瓷枕之上，便觉得那枕上有个发光的洞口，引他进得其中。朦胧间，他觉得自己的服饰装束变得鲜丽起来，越来越像是一气质男。很快，他娶了清河县的富家女，容颜那叫一个俏丽，怎不让人欢喜；接着，他金榜高中，被皇帝封官渭南做了县尉；不久，因为表现良好，又升任监察御史；几经升迁，他实现了兴修水利、为民造福的夙愿；因为施政和治理有方，又官至京兆尹；不久吐蕃进犯，河西告急，玄宗命他为御史中丞兼河西节度使前往平乱。他自然不负众望，冲锋陷阵，杀敌无数，为国建功立业，勒石居延山，官封户部尚书兼御史大夫。

然这仕途并非一帆风顺。老沈的故事讲得一波三折，有足够耐心；而这位吕翁的法术也足够高明，想尽办法要让年轻人体验个够，不到极致决不罢休。

却说位高权重的卢生终于引来了妒恨，遭宰相谗言，他被贬为了端州刺史。顷刻间，人生冷暖，世态炎凉，让他好不悲戚惝惶。然未及三年,皇上又召他还京,令他和萧嵩、裴光庭两位权臣共为宰相,执掌朝堂大权。卢生敢不效命,夙夜在公,令行禁止,凡十余年,被人称为贤相。然而,又有同僚诬他图谋不轨,遂重陷囹牢。此时他终于明白,这功名利禄不过是浮云神马,飘忽难定,便对妻儿哭诉道:咱家本在山东,颇有几亩良田,当初我布衣破马,但并不至饥寒。为何要死心眼儿,走这坎坷歧路的仕途?眼下我多么希望回到当初,心甘情愿好好地当那个穷小子啊。

说着他便拿刀来抹脖子,老婆孩子连忙劝阻,好歹留了性命,但终被流放千里之外。又几年,皇上终于又想明白,这卢生是冤枉的,不只令其官复原职,还额外恩宠,加封为燕国公。此后一切顺遂,凡五十余年,熬得妻妾成群、儿孙绕膝,更兼良田千顷,宝马无数,所生五子皆有出息。

按说故事讲到这儿,可以收尾了,因为这是所有才子佳人故事、励志成人故事、皆大欢喜的人间喜剧故事共同的结尾方式。但是我们这讲故事的人很清楚,明白这是在"说梦",而梦终究是要醒来的,于是便有了后面的一节:

> 后年渐衰迈,屡乞骸骨,不许。病,中人候问,相踵于道,名医上药,无不至焉。将殁,上疏曰:"臣本山东诸生,以田圃为娱。偶逢圣运,得列官叙。过蒙殊奖……"诏曰:"卿以俊德,作朕元辅,

出拥藩翰，入赞雍熙。升平二纪，实卿所赖，比婴疾疹，日谓痊平。岂斯沉痼，良用悯恻。今令骠骑大将军高力士就第候省……犹冀无妄，期于有瘳。"是夕，薨。

卢生欠伸而悟，见其身方偃于邸舍，吕翁坐其傍，主人蒸黍未熟，触类如故。生蹶然而兴，曰："岂其梦寐也？"翁谓生曰："人生之适，亦如是矣。"生怃然良久，谢曰："夫宠辱之道，穷达之运，得丧之理，死生之情，尽知之矣。此先生所以窒吾欲也。敢不受教！"稽首再拜而去。

正所谓"曲终人忽散，食尽鸟投林"，这话极尽委曲，是说卢生几经沧桑浮沉，而垂垂老矣，病中愿辞官回家，且将就木。而皇上恩荣有加，命左右侍奉，以期尽早康复。然末日终要来临，在死时卢生骤然惊醒，"恍惊起而长嗟"，难不成这是一个梦么？此刻，坐于旁侧的吕翁笑道：人生之宠辱得失，全部的过程，想必你已尽行体味，还有什么不满足的么？这卢生思悟良久，知道这是前辈对他的教育，遂恍然大悟，千恩万谢而去。

此乃是"黄粱一梦"佳话的完整版，直可以作为"红楼梦"的潦草前世了。看官留意，此中虽没有径直描述"春梦"的情景，然"人生如梦"之说，非此梦又何解也。更兼"后庭声色，皆第一绮丽"云云，不已暗示出相似的内容了嘛。那繁华落尽、梦醒来时的怅然与失落，便与春梦相比，又有何异？

还有一点，后来据说有科学验证：人在梦境中的时间感受会"变慢"和加长，长度大约是现实中时间的五倍。但从此文中看，岂止五倍，便是五万倍也不止。但不论多少，它是世人之梦想皆不及也的人生极致的一个缩微版，则是确定无疑的了。

二 "梦游"的版本演化

话休烦絮。在弗洛伊德的理论到来之前，中国人早已喜欢做梦，且在诗中写梦，包括写春梦。这可以追溯到楚顷襄王时的宋玉，该生颜值既高，更兼曾经师从三闾大夫，故长于辞赋，曾深得楚王赏识。他的《高唐赋》中，即叙述了游于云梦之泽的"先王"，在山水行宫中的一次艳遇。云有梦中姝丽，"自荐于先王枕席"，并曰"妾乃巫山之女"，王自然闻之大喜，且"因幸之"。看官，这宋玉是属于闪烁其词，而我等若未脑残的话，照常理也能明白这说的是什么。想那楚王，带着随从侍妾、宠臣护卫一大堆，浩浩荡荡巡幸云梦山水，见那万千气象的壮阔，能不浮想联翩。或许是长夜酣眠，也许是午间小憩，想来也是山珍野物一时吃多了，梦中出现了陌生女子，相与交合，多有缠绵。而当他醒来之时，则怅然若失，难以忘怀，一时把不住心绪，便将梦中之事，吐露给了御前秘书小宋。

为王者哪有戏言？这小宋岂敢怠慢，肯定忽悠了先王一顿，把些花言巧语，将这南柯一梦说得天花乱坠，不可方物，王上听了自然也满心欢喜。而此刻，他见顷襄王问起山中变幻莫测的云雾，便又拿出这一前尘旧事来讨其欢心。按照弗洛伊德所说，这不过就是男人的一个"遗精之梦"，实在是难以示人，只因在王家，便成了佳话，要让这御用写手拿来大书特书一番。你说好不好玩？

有了这一出，才会有《红楼梦》中第四回的"梦游太虚幻境"一节。你道这文学传统在哪里？史上随处可见，但若没有宋才子异想天开的这番表述，何来《石头记》中的那幽曲备至的千古绝唱？小宋的华章中如此写道：

去而辞曰："妾在巫山之阳，高丘之阻，旦为朝云，暮为行雨。朝朝暮暮，阳台之下。"旦朝视之，如言。故为立庙，号曰朝云。

这"云雨"的隐喻，八成也是出自这里，未经考据，不敢肯定。但世界上大约只有中国人才会把一件事说得如此隐晦，若翻成外文，不加解释，老外们如何能够听得懂？还有"朝朝暮暮"云云，都是云里雾里。然这就是文学，它那点儿使命，就是把直白的话说得你一头雾水，一脸懵懂罢。这一切，想来都与这汉代的文风有关，从楚辞里发育出这么一个怪物，滔滔不绝，一腔废话，像蝌蚪般繁殖出的词语，花哨绮靡到匪夷所思的地步。

也诚如晋人有个叫挚虞的，在《文章流别论》里所批的："夫假象过大，则与类相远；逸辞过壮，则与事相违；辩言过理，则与义相失；丽靡过美，则与情相悖。"句句说中汉代文章的毛病。当然，要声明一下，吹毛求疵不是我们的目的，是要把这"说梦"的繁复与绮丽的传统，稍稍作个梳理，仅此而已。

自然还有更好玩的，博陵崔护的故事就更为感人，且直接和直白，如春风化雨，燕语呢喃。自然也还是那唐朝之事，他的《题都城南庄》一诗，在笔者看，才是一朝春梦的典范写照——照弗氏的说法，应该如同一场"白日梦"。只不过被后人传奇化，敷衍为"因专情而获妻"的故事。"去年今日此门中，人面桃花相映红。人面不知何处去，桃花依旧笑春风。"平心而论，这首七绝，或许在韵律上并不属十分讲究者，但浑出天然，属于那时期典范的"口语诗"。《全唐诗》中，这位曾官至御史的崔护只存了六首，其他几首皆不曾为世人所记，唯有此篇，短到如少女的裙子，朗朗上口，胜过万千合于"四声八病"之律的雕琢之作。

但这些都属题外，怎见得该诗就是一"春梦的写照"？看官想，这"桃之夭夭，灼灼其华"，自《诗经》中来，本就是吾先人一种极深刻的经验。桃花盛放时那热烈与忧伤，它那短暂的灿烂中，隐含了多少盛年有期又人世无常的设定，故惹人叹息，叫人伤怀。不然又何以有古人的惜时之说，黛玉的葬花之词？这崔护自幽燕苦寒之地，远道来至都城长安，赶考之余，在闲暇春日，来到郊外的一个村落踏青寻春，猛可间，瞥见了断垣茅舍之中，矮墙之下，有一树盛放的灿烂。他停下马，立住脚，恍惚看到那院落中闪过了一瞥惊鸿，一个桃花般的笑靥恍了一下，等他再定睛看时，一切全不见了。他想，也许那只是幻觉，不然怎么会倏忽不见？设想这读书之人，不可能悖着礼数，伸着脖子唐突上前探问。人家少女更不可能痴痴地盯着一个路人，去忘情越礼地睁着大眼滴溜溜放电。唯一的可能便是，人家害羞地走开了，而他则呆呆地望了一会儿，有点不情愿，却也没来由驻足，怅怅然离去了。

显然，春行骤然变成了惆怅，目击变成了受伤的相思。这多情的家伙弄不明白，他究竟是真的看到了一个含情脉脉的少女，还是只看到一树灿烂的桃花；是一次真正的目击，还是一个不经意的幻觉？他终日无法释怀，辗转难眠，于是就吟出了这首短章。

这或许就叫特定的环境、特定的心境、特定的人事，是一刹那的邂逅，在年轻的身体中引起的肾上腺素的激增，幻觉中发生的生化反应罢。然有好事者，他死后数十年的一位叫作孟棨的，在他的一部文人笔记小说里，接着这首诗的意境，完成了一个浪漫的故事。这本笔记叫作《本事诗》，其中所记录的，大都是本朝骚人的诗歌故事，相信都属于道听途说加"合理想象"攒述而成的。他关于崔护的故事是这样写的：

博陵崔护，姿质甚美，而孤洁寡合。举进士下第。清明日，独游都城南，得居人庄，一亩之宫，而花木丛萃，寂若无人。扣门久之，有女子自门隙窥之，问曰："谁耶？"以姓字对，曰："寻春独行，酒渴求饮。"女入，以杯水至，开门设床命坐，独倚小桃斜柯伫立，而意属殊厚，妖姿媚态，绰有余妍，崔以言挑之，不对，目注者久之。崔辞去，送至门，如不胜情而入。崔亦眷盼而归，嗣后绝不复至。及来岁清明日，忽思之，情不可抑，径往寻之。门墙如故，而已锁扃之。因题诗于左扉曰："去年今日此门中，人面桃花相映红。人面只今何处去，桃花依旧笑春风。"后数日，偶至都城南，复往寻之，闻其中有哭声，扣门问之，有老父出曰："君非崔护耶？"曰："是也。"又哭曰："君杀吾女。"护惊起，莫知所答。老父曰："吾女笄年知书，未适人，自去年以来，常恍惚若有所失。比日与之出，及归，见左扉有字，读之，入门而病，遂绝食数日而死。吾老矣，此女所以不嫁者，将求君子以托吾身，今不幸而殒，得非君杀之耶？"又特大哭。崔亦感恸，请入哭之。尚俨然在床。崔举其首，枕其股，哭而祝曰："某在斯，某在斯。"须臾开目，半日复活矣。父大喜，遂以女归之。

像不像《搜神记》，或后世《聊斋》中的某一篇？此文出自《本事诗》之《情感第一》篇。这孟棨，大约也有"梦境再现"的冲动，只是他专偏于"痴人说梦"，而非精神分析罢。文字起先是凄美，后则狗尾续貂，落了皆大欢喜的俗套，足够像一篇二流的小说。大意是，崔护进京赶考，起初未曾得中，清明时节游于南郊，忽见一草木葱茏的院落，想进去讨杯水喝。款款间走出来一妙龄少女，皓齿明眸，殊为可人，端与他一杯水。他见少女貌美如花，便把言语来撩拨，不想女子并不接话。遂怏怏地离开，之后再无法忘怀。及至次年清明再来探访时，却见门扉紧锁，不觉十分难过，遂在左门上写下了"人面桃花"一诗。又过了些天，顺道再来，却闻院中有哭声传出，一问方知，这家女子读诗思人，一病不起，已断气多时了。其父说出原委，并责备这书生害了他的女儿。崔护闻其言，追悔莫及，将少女抱于怀中，痛哭不已，他想随少女而去。不想少女闻其声，居然慢慢苏醒过来，惊喜不已的父亲遂将女儿嫁与崔护，成全了一段绝美姻缘。

后又有人虚构了这女孩的名字，唤作"绛娘"，诸般描写更是齐备。但有一点是共同的，便是符合中国人讲故事的模型，被鲁迅讥嘲过的"大团圆"结局。

其实行内人都知道，这崔护在史书上属生平不详者，当年写此诗的诸般情境，并无人知晓，一切都是后人附会虚构而成。此诗在笔者观之，不过就是一个幻觉的渲染，一个无意识中美好的错乱。弗洛伊德在《作家与白日梦》一文中说得分明,"心理活动会创造出一个未来的情景,它会代表着人物愿望的实现,这种东西就是白日梦"。只是他举出的例子稍显俗气了,一个穷小子在去某公司就职的路上,会产生出被雇主赏识的幻觉;他在想,自己某一天会成为那企业不可或缺的重要角色,最后会被雇主的家庭接纳,"娶到了这家年轻漂亮的女儿"……这个叙事曾在万千童话或民间故事里出现过,现在又按捺不住地出现在他的无意识中。

想来中国古代大部分的故事,都是类似的套路。且不只是在中国,连歌德读了中国的《好逑传》,也在联想日耳曼人的故事,它们之间是如此地相似,因此他幻想,一种所谓的"世界文学"或许就要出现了。还有俄国的文艺理论家巴赫金,他在讨论古希腊的一种小说的时候,就概括了这样的套路,"一双青年男女是在年轻貌美的时候一见钟情的,中间经过了无数磨难,最后依然是在年轻貌美的时候终成眷属"。这些,大都属于白日梦的范畴了。

然而这并非全部,在文学的世界里,不只有白日梦,更有真正的春梦,有为精神分析学家所说的"色情梦"。只是通常情况下,他们碍于伦理或是面子,不便或不愿轻易和盘托出罢了。"人似秋鸿来有信,事如春梦了无痕",苏东坡说得妙,这梦中的人与事,不可照直了说,须经闪烁其词、语焉不详,搪塞以"难以尽述"之类,方能够得体地绕过去。

三 春梦发生的条件

磨叽了这么久，终于绕到了正题，我们要说一说这个不服的。他不惧尴尬，不惮污名和误解，定要用繁花似锦的笔墨，讲述一段最难示人的"隐情"；而且要淋漓尽致，用了百般的迤逦曲笔，绚烂隐喻，把一件事儿放大得无以复加，真可谓古今一人。

这牛人自然不是别人，就是化身为多个名号，一会儿充作空空道人，一会儿自称悼红轩主，一会儿又变成了文抄公，或是"石头哥"的曹公雪芹。他这会儿正袒露心迹，把生命中最珍贵的秘密，平生头一回的梦境，原原本本毫无保留地告诉我们。

单表这一日，由宁国府的长孙媳妇，即贾珍的妻子尤氏邀请，贾母一行由荣国府前来赏花。但就在午时席间，她那宝贝孙子宝玉突生困倦，"欲睡中觉"，老太太溺爱惯了，便令好生照看。这时贾珍之子贾蓉的媳妇可卿说道，老祖宗放心，"只管交给我就是"。看官注意，这话说得得体却又暧昧，怎见得有如许无分内外的亲近？叔叔与侄媳之间还隔着辈分呢，所以先来正房安顿。可是这人小鬼大的宝玉，却不愿意看正房中那劝学励志的"燃藜图"，更见不得那"世事洞明皆学问，人情练达即文章"的对联。在成年人看，这不过是些应景之说，怎见得非要较真？但在宝玉，却是势同水火的俗规陋条。因此上"纵然室宇精美，铺陈华丽，亦断断不肯在这里了，忙说：'快出去，快出去！'秦氏听了笑道：'这里还不好，往那里去呢？要不就往我屋里去罢。'"宝玉听了自然正中下怀，便连忙答应。

请注意，在笔者的阴暗心思中，这宝玉此时正有成人难以觉察的鬼胎——他一直在暗恋着这个成年的女人，或者说是做着一个与秦氏幽会的"白日梦"。他很想有机会与她单独亲密相处，只碍于礼数，不便说透，故前番刻意挑刺儿，最终实现了寝于秦氏卧房的目的。

可是接着一个嬷嬷说道："哪里有个叔叔往侄儿媳妇房里睡觉的礼？"这仿佛是"撒旦式的提醒"，表面看是禁忌，是礼制和规矩的强调，实则是充满不伦信息的暗示。照弗洛伊德的意思理解，礼数的不合正吻合了这白日梦中"检查制度"的警示，但它的作用，却是故意引人"往歪了想"，是要让接下来的一切，变得更加复杂和幽曲，而且更悬。眼看好事就要黄掉，幸而可卿解围，为他辩护道："不怕他恼，他能多大了，就忌讳这些个？"勿要小看这话，它借了年龄之说，将宝玉"未成年人"的身份做了清晰认证，便解除了辈分之别和男女大防的沟壑禁忌，同时又格外暗示了他们之间的亲近。这便为宝玉接下来的做梦，准备了恰切的条件。

这可是有史以来，中国文学中"春梦书写"的经典篇章。我无法不先行强调一下，没有哪位写作者能够像他这样，用了"教科书"般的笔法来叙述一个梦，哪怕是精神分析学诞生以来的现代主义、意识流文学中，也没有如此天衣无缝，合乎释梦理论的经典叙述。

我们且看看，这宝玉睡梦之所以发生的条件。

……来至秦氏卧房。刚至房中，便有一股细细的甜香。宝玉此时便觉眼饧骨软，连说："好香！"入房向壁上看时，有唐伯虎画的《海棠春睡图》，两边有宋学士秦太虚写的一副对联云：嫩寒锁梦因春冷，芳气袭人是酒香。

案上设着武则天当日镜室中设的宝镜，一边摆着赵飞燕立着舞的金盘，盘内盛着安禄山掷过伤了太真乳的木瓜。上面设着寿昌公主于含章殿下卧的宝榻，悬的是同昌公主制的连珠帐。宝玉含笑道："这里好，这里好！"秦氏笑道："我这屋子，大约神仙也可以住得了。"说着，亲自展开了西施浣过的纱衾，移了红娘抱过的鸳枕。

于是众奶姆伏侍宝玉卧好了，款款散去……

各位，这春梦是有条件的。生理卫生的教科书上，是教导青少年入眠之时，一不要吃太饱，二不要盖太厚，三是睡前不要胡思乱想。而这宝玉恰好相反，借了这信息丰富的软环境，要达成他"见不得人"的愿景。空气中有刺激嗅觉的甜香袅袅，墙上挂着唐寅的性感绘画——虽然不是春宫画，但也是一个憨态可掬了无防备的性感女子，睡于一树灿烂的海棠花下。那对联虽然略有些冷艳，但也是寓意暧昧，可以诉诸飘忽的联想。

关键是，接下来，曹老师干脆用了"现代主义"式的夸诞，"修辞的过剩"，甚或"能指重复"的种种策略，一股脑儿把主人公的处境和情绪，营造得淋漓尽致，弄得那小小的空间里溢满了性感的暗示。怎见得是武则天的宝镜？又哪来赵飞燕的金盘？分明是夸张和"过剩想象"；还有这经手安禄山，又伤了太真乳的木瓜，分明是刻意的诲淫故事。想是这曹老师野史读得多，把些添油加醋的想象，都安到宝玉头上，也是执意要凸显他的人小鬼大，遂把些有的没的，都撺掇来了。还有公主用过的器具，红娘西施们用过的贴身之物，等等，搁如今俱是"狂欢式的叙事"了。

当然，还有可卿的一句看似戏言，实则亦是不可或缺的暗示之言，"我这屋子，大约神仙也可以住得了"。神仙既住得，那么自然可以是超脱世俗的，什么越礼合规，统统不在话下了。这一方面是从叙事的关节上，接通了接下来警幻仙子出现的机缘，同时也为宝玉和可卿的梦中相会，释放了真真假假的烟幕弹。

还有更要命也是更实际的，便是教科书上所说的三忌：先说吃，肯定是太饱的，由老祖宗领衔赏花，宁府上下肯定是大摆筵席，侍奉周全的；二是那盖的，自来也够厚，这可卿的贴身之物不只暄软暖和，更兼携带了那温馨的肌肤之香，其舒服熨帖，自然无以复加；还有第三,这睡觉之人,也一定有诸多联想,有意识的和无意识的,敢想的不敢想的,肯定是忽忽悠悠、飘飘荡荡,一如那《高唐赋》里所描述的,"上属于天,下见于渊",正不知有多少销魂处。更兼逢这三月之时,阳气上升,万物所发,也更在少年心里,那潜滋暗长的生命原力,如何能够压抑得住。

接下来便是宝玉的那梦,作者在讲到这儿的时候十分节制,只说"难以尽述"。笔者自然也无法在这儿大加发挥,若那样,便显得居心不恭了。我只能说,此地无银三百两,此处无声胜有声。曹老师以"迷津"中之万丈深渊横亘,下有海鬼夜叉索命的可怕景象,来惊醒梦中之人,应是再恰当不过的了。且十分关键的是,最后他喊了一声"可卿救我",把那现实中的可卿吓了一跳,因纳闷道:"我的小名儿这里从无人知道,他如何得知,在梦中叫出来?"看官,这一关节设置,可说妙极,一则将梦中的可卿与现实中的可卿,通过一个物化的事实,连接了起来;另一方面,也再度强化了这个梦的心理意义,即"重叠"与"替换","道德检查"与"愿望达成"之间的奇妙纠结。

说再多大约都无益处,东坡早都说过,"事如春梦了无痕"。此种经验往往是清晰又含混,一般人会选择"刻意遗忘",尤其个中还有不伦或是非法性质,更会令做梦者感到恐惧。然这是小说,作者势必要将所谓的"虚拟经验"与"现实经验"做一番对证才是,所以才又安排了宝玉和袭人之间的"偷试"。真是妙极,在笔者也只能说,难以言喻。它验证了梦中之假，却也反过来证实了现实之无趣，那草草了事的一番勾当，与刚刚梦中的万千缱绻美妙，如何能够相比。

四 "警幻"之"淫"与"色"

美国人哈罗德·布鲁姆在《文章家与先知》中曾说："与弗洛伊德一样，克尔凯戈尔是伟大的色情讽刺家，这两个伟大头脑的相通之处也仅在于此。"这个布鲁姆是牛人，他的话必须当真，然而，两个精神气质如此相去霄壤的人，怎么会搁到了一起呢？我猜想，他大概是想说，在对人的本能的认知和分析能力上，他们都是天才。因为他们不惮于世俗道德的压力，将所有被假象遮蔽的东西、被伦理精心包装过的东西，尽行戳穿了。

从这个意义上，他们是色情讽刺家，但他们所讽刺的，可不是色情，而是通过对性和欲望的准而狠的解读，讽刺了所有对隐秘世界的压抑、掩饰与包装，以此打开了那个更为真实的世界。他们相似的禀赋仅在于，他们是"伟大的头脑"，且是以"精神的解剖刀"来对付一切的，这把刀所向披靡，再结实和牢固的装具在它面前，都给挑筋剥皮，露出了"皮袍下面的小"。

说到此，便禁不住为我们的先人感到惋惜，有如此多有意思的梦，却没有一位弗洛伊德式的理论家来解梦。当然，中国自古多的是道德家，不太可能容许这种专事戳穿的人，去做揭画皮的文章。所以时至今日，笔者也只好拾人牙慧，假模假式，用偷来的"X光机"来做点"安检"或是"透视"罢。我这里也是黔驴技穷，别无他法。

我的问题至为简单：曹雪芹是不是伟大的"色情讽刺家"？如果是，那么他是在讽刺什么？

"伟大头脑是相通的"，弗洛伊德早就说过了，想来他们是被时间的荆棘隔在了两个不能相遇的早晨罢。一个是"杨柳岸，晓风残月"，正不知今夕何夕，此生何人；一个是巴黎或维也纳的黄昏，是想求解如何打开这人间最难捉摸的黑匣子。但他们所想的，其实还是同样的问题。这梦中装有人生的全部秘密，只是在中国人这里更难说破——似乎也可以说，但总是被道德家们层层包裹，连那"关关雎鸠"的叫春声，也硬要扯成"后妃之德"的正派话语。这叫曹老师如何不恼，他要用他自己化身的这个俗物，用他与仙子的对话，来揭破那许多东西，告诉我们，这饮食男女，无非是造化自然所赋予，没有什么要遮遮掩掩的。因此，他若是讽刺家，首先要讽刺的就是这个"装"字：

> 尘世中多少富贵之家，那些绿窗风月，绣阁烟霞，皆被那些淫污纨绔与流荡女子玷辱了。更可恨者，自古来多少轻薄浪子，皆以"好色不淫"为解，又以"情而不淫"作案，此皆饰非掩丑之语耳。好色即淫，知情更淫。

> 是以巫山之会，云雨之欢，皆由既悦其色，复恋其情所致。吾所爱汝者，乃天下古今第一淫人也！

若真是有一屎盆子、黑帽子的话，那么他首先是扣到了自个儿头上，天下人所鄙视和咒骂的这"淫"字，舍我其谁更适？这就足够磊落，唯有自黑，以身说法，以身试法，方才显出勇气，也有服人的资格。不过，听话听音儿，傻子也知道，仙子在这里将他说成是"第一淫人"，必是有反讽之意的，是借了"警幻"之语，来给予这钟鸣鼎食锦衣纨绔之家中唯一"不装×"的人，以一个合法和正当的说法。不过，这话也把"宝宝"吓了一跳，他还不过是个乳臭未干的黄口小儿，哪里就敢担这冒天下之大不韪的"淫"字？所以要来争辩。于是警幻便又改口，给此字加了个前缀，改为"意淫"，且假以其先辈之托，让其早日明了尘世人间的这点事儿，先"醉以美酒，沁以仙茗，警以妙曲"，再示以男女，不过如此尔。早些体悟便早些觉醒，直白些说是"早死早托生"；说得雅一点，便是"先以情欲声色等事警其痴顽"，再使其"跳出迷人圈子，入于正路"。

这大约就是中国人独有的"辩证法"了。想来警幻仙子是将"上帝"和"撒旦"两个角色一身兼任了，"警"为上帝，"幻"为撒旦——置换一下，便是"空"为佛陀，"色"为业障。然佛法又云"空即是色，色即是空"，这车轱辘话能把人弄得云里雾里。简单点，就是吾人所领受的那点古已有之的辩证思维，不警怎知道为幻，无幻又何以为警？故让这引人堕落又叫人醒悟的仙子，变成了集二者于一身的合法代表。若是《圣经》中，必不会有这般谈论。它是用了撒旦的话语，捅破了亚当和夏娃之间的窗户纸，让他们受了蛇的诱惑，先食了树上的智慧果，然后知晓了男女之事。随后，主才将他们赶出了伊甸园，让他们从此饱受"原罪"的折磨。

显然，东方和西方，是属于各有各的路数，各有各的结局。而文化本是一种结构，好与坏、优与劣总是生长于一起，难论出高低贵贱的，我们不能掉到这种陷阱里。

诸位，我们再回到这梦，究竟是要表达什么，这梦中之人到底是在想什么，我们必不能回避。

那么事情就简单得很，他梦见的无非是肉身中，最简单和低级的那点儿东西罢。可是曹老师之孜孜以求，要说的又究竟是什么？我想无非是：一、只有承认饮食男女这点事，才是认知生命真谛的第一步；二、一旦勘破这生命奥妙，也无非一个幻灭的"空"字。从来无一物，何假拂尘埃？第一步，他是俗人和真人；第二步，他又是高人乃至圣人。

显然，曹老师是中国人中最了不起的"色情讽刺家"，了不起之处就在于，他亲自编造了这个梦、这些话，但又并不相信。他是用了真正的反讽，用了"说梦"之方式，揭破了人世间这一切的虚虚实实，真真假假，形形色色，是是非非。

你难道没有看出，从宋玉到曹雪芹，从《枕中记》到《红楼梦》，这中间的一脉传承么？这春梦所构建的，是生命本身的真实和虚无，所反讽的，则是世俗的富贵浮云与无常。曹之所以被认为是"集大成者"，是他将中国文学中这些边边角角、不入正统的玩意，用了一个梦中梦的构造，一股脑儿地套叠于一起，来了一个"大观"或是"汇编"罢。其实叙述的窍门和关节，前人也都已预备了，就看你善不善于学，会使不会使。而曹老师的确是汇古今于一勺的高手，把这一羞答答的传统，"作"到了无以复加的极致。

当然我还要画蛇添足，所谓"全书纲要"之说，在笔者看，绝非单指十二钗等的曲子词的展示，那些长长短短的句子所喻示的诸般人物的经历与命运，更在于这春梦本身的无限寓意。以在下观之，它是《红楼梦》之主旨的若干"同心圆"中最核心的一个。这"一晌贪欢"的春梦，同一个人一生的经历、同一个家族的盛衰、同几大家族的存亡成败、同一段历史的因缘际会，同天地间洪荒与繁华的交替，历史的春秋大梦之间……不过是大小之别，若论经验的性质，却是大致相同。所以，它们是若干个"套娃式"的同心圆，其中最小也是最核心的一个，便是这一机巧无限的春梦。

它之于《红楼梦》有多重要？无论怎么说都不过分。没有这个"原点"的辐射与弥漫，整部书的主旨和架构，压根儿便无从附着、无以附丽了。

五 "意淫"的变调

凡梦都是要醒来的,醒来以后怎样,如何让人物回到现实,便是个问题。反过来,若要这梦显出意义,须要写出梦醒之后解梦的过程。这曹老师之所以是古今小说的第一牛人,这件事上亦最见得功夫。设想,宝玉醒来,梦中的诸般情景登时化为了泡影,唯有一个后果会令他尴尬不已。这便是待他"起身解怀整衣,袭人过来给他系裤带时,刚伸手至大腿处,只觉冰冷黏湿的一片"。袭人乃宝玉贴身之人,自不必作多解释,两人手上做个动作,便有默契了,但筵席上众多老幼,须要应付一番。随后,袭人趁众丫鬟不在的时候,取了一件"中衣"与他换上,此时便又出现了一个敏感的私密时刻。

宝玉的隐秘世界,已然门户洞开了。当袭人审问,他便只有如实招来的份。但这袭人坏就坏在非要问,"是哪里流出来的",宝玉便"只管红着脸不言语"。那袭人直瞅着他笑,颇有点以大欺小的意思,瞅得宝玉羞惭中亦生出一股不可遏制的坏水来。

> ……说到云雨私情,羞的袭人掩面伏身而笑。宝玉亦素喜袭人柔媚娇俏,遂强拉袭人同领警幻所训之事,袭人自知贾母曾将她给了宝玉,也无可推托的,扭捏了半日,无奈何,只得和宝玉

温存了一番。

若说小说的叙述逻辑，真是流水行云，妙不可言。这是"由意到淫"的关节之处，前番是梦，这会儿才算是现实，"意"终于接地，变成了"淫"。现实印证了梦境，梦境又演化出了现实，真是天衣无缝。不过，若换一角度，我们再从内里逻辑看，这梦中的"意淫"和现实中的"实践"，又是大体一致的，那就是，女人的主动诱惑总是在先，男人的色欲不过是对女性"教唆"的回应。试想，若不是袭人执意追问，宝玉何以会生出与她"温存一番"的冲动来？这男人的优越与女人的"贱"字，真是跃然纸间了。

既说到此，也就无须为圣人讳了，在男女之事上，即便曹老师是古今第一情圣，但他的男权主义无意识还是根深蒂固的。也是笔者今儿喝了点酒，便大着胆子拽出了一个词儿，叫作"男权主义的色情幻想"。其实说白了，也是"意淫"的白话翻译，是专指男人的那点优越感和小心思的。想那曹老师，半生汲汲于对淫滥之人事的警觉与反思，末了还是免不了会落了窠臼。在他看来，只要是宝玉想要的女人，没有得不到的，得是正常，得不到便是悲剧了。他想得到黛玉没有成，便成了痛断肝肠今生无法接受的败绩。除了这一命中憾事，他是要什么就有什么，想怎么样便怎么样的。

这当然也是实情，中国传统社会本就如此，没有一夫一妻的婚姻制度，也就没有专情平等的男女伦理，我们自然也不能要求人家会操着无产阶级的爱情观。但实情如此，我们该反思的也还要反思。

一切似乎又回到了原处，我们好像很难像警幻仙子那样，不吝人间妙语高度评价二爷的人品。你瞧瞧，这小家伙不过才刚刚发育，懵懂间就已惦记了这么多人，表姐表妹、侄儿媳妇、填房丫头，一副包揽天下一个都不能少的德行，等到成年了，那还了得。幸而曹老师不是兰陵笑笑生，他让我们的主人公及早地勘破了这人间色相，出世成仙，而不是像西门大官人那样，沉湎声色犬马，纵欲而暴亡。

这么一说，就又出来个谱系——从《金瓶梅》到《红楼梦》。其实前人早已说过，古今世情小说的集大成者，莫过于此两部杰作，而且前者为后者师，也是没有问题的。但我们换个角度看，将两部小说搁到一块，刚好又应了弗洛伊德所说的那个意思，"文学是力比多的升华"。两部小说都以"色欲"为故事之基、叙事之本，但一荤一素，一污一洁，根源尽在于"升华"程度的不同。前者是"力比多"直陈得多，后者则是差不多都处置"升华"了。差别很微妙，色都归了空，但在宝玉是主动和体悟出了空，而西门则是执迷不悟而至于空，前者是得道，后者则是业报。那是不一样的。

但这也没有什么可得意的，你道这男权传统是那么容易规避的么，这古往今来的男人之梦，在关于女人的问题上，都是自私卑怯无有例外的。女人的美丽不仅必须，而且还危险，所以因欲而召之即来，又因怕为祸水而挥之即去。所以"汉皇重色思倾国"，从春秋时的妲己褒姒，到汉代的飞燕貂蝉，再到大唐的媚娘与玉环，无数的女子，无不是男人掌上腰间的玩物，又是千金一笑祸国殃民的灾难之源。

我不想举出太多负面的例子，便是文学史上最为正面的样本，也同样不能免俗。我要举最近的——距笔者故乡不足百里。那位清代的野老，淄川蒲家庄的柳泉居士，号称短篇小说圣手的蒲留仙。他那些号称"明神道""托旷怀"的搜神谈鬼故事，固有种种寓意杂多涵纳丰厚的好处，但在"意淫"这件事上则不输任何人。大凡他所造的故事，多是魑魅魍魉、牛鬼蛇神之类，然一旦与人交集，总不过是男女关系。而一般情况下，男为人，女则为鬼为狐；男为书生，女则为鬼狐变来的人形。模式一般也很固定，书生正于灯下苦读，忽然门吱呀一声开了，凉风中闪进来一女子；问是谁，便会自称是邻家女也，会主动向那困倦的书生递送秋波，敞开心怀，奉献一切；且不要任何回报，不用书生负任何责任，他只要享用就好。

但这一切只是显示了女人之贱，欲火不起男人之身，而总在女人这边。主动诱惑是固定的戏码，男人只是配合。但接着这后果就来了，不久该书生就病了，因为那鬼狐家的女子虽然美丽而无成本，却是阴气重，专门吸精，坏人阳气的。

举几个片段，各位一看就明白。

半夜,董(生)归,见斋门虚掩,……以手入衾中探其温否,……竟为姝丽,韶颜稚齿,神仙不殊。狂喜……(《董生》)

王九思在斋中,见一女子来,悦其美而私之。诘所自,曰:"妾遐思之邻也。……"王益佩之,遂相欢持。居数日,迷茫病瘠……(《董生》)

凤阳一士人,负笈远游,……妻翘盼綦切。一夜才就枕,纱月摇影,……有一丽人,珠环绛帔,而入。(随后是丽人携士人妻前往寻夫,及见面,却独与士人相狎——引者按)少间,丽人伪醉离席,士人亦起,从之而去。……猥亵之状,尽情倾吐。(《凤阳士人》)

尚生,泰山人,独居清斋。会值秋夜,银河高耿,明月在天,徘徊花阴,颇存遐想。忽有一女子逾垣来,笑曰:"秀才何思之深?"……自此临无虚夕。(《胡四姐》)

一夕(顾生)独坐,女忽至,笑曰:"我与君情缘未断,宁非天数。"生狂喜而抱于怀……(《侠女》)

这"居数日,迷茫病瘥",便是男权主义的鬼胎所致。你得人家好处,倒不思回报,有点什么风吹草动的,还要归罪于女方。这与千古以来那不绝如缕的祸水故事,自是一脉传承。当然,批评男权终非我这儿的使命,我们只是捎带分析这梦境的来历和性质罢,别无他意也。

想来留仙先生也是一"伟大的色情讽刺家"了,但与曹公比,讽刺谁,批评什么,他似乎还要更暧昧些。"书中自有颜如玉"的老故事在他这儿很少被翻出新意,而要数"男权主义的色情幻想",他老人家倒可以称得上是有过之而无不及。

六 一则现实中的故事

或许我故乡的农人们,才是不折不扣的"色情讽刺家",他们的直接和直白,粗鄙与粗暴,倒比文人的酸文假醋好玩。他们的话语总是直接诉诸身体和器官,通过将生殖活动非法化,或是将色情想象污名化,来表达有名或无名的怨气与幽默、愤怒与快乐。当然,恕我省略不具,因为实在是太粗陋不堪了。

忽然就想起了故乡的一个故事——且让我用这个真实的故事来作结,或许它能让我把宝玉式的梦境,再找一个现实的版本;或是把"男人之梦"历史化,让前面这番不着边际的议论,最终接接地气。

这是四十多年前,二十世纪七十年代的故事。对我们来说,或许这就是历史的馈赠了，这贫瘠的年代最富有的不是别的，而是故事。在笔者的故乡，有个青年叫作"腊月"——请原谅我用了化名，想必他不会看到这篇文字，也不会对号入座。腊月比我大五岁，是村里唯一的"文青"。那时我们还不知道什么是文学青年，环境如此封闭，哪里会有这等奢侈。只知道他疯疯癫癫，被村里人看作是一个不正常的，同时又不一般的角色。

腊月有一个正式的名字，因姓白，或许应叫作"白生"。他生于村里唯一的雇农之家，其父在解放前确属房无一间地无一垄，后来分得了田产，也娶了老婆，生下了清一色五个儿子。按出生月份一字排开，分别叫作二月、四月、五月、十月、腊月。说来这家人或许有外族血统，生得极白皮肤，几近于白化病一般，骨骼也奇清高大，面相不俗。唯一的毛病是嘴巴两旁有奇怪的皴裂，像是虎斑纹，且都有严重的鼻炎，每个儿子的鼻子下面都挂着两根浓绿的鼻涕。唯这老大腊月，脸上干干净净，俊朗白皙，颇有些书生风度，每每让村里的人另眼相看。

白生上初中时，不知错了哪根筋，居然爱上了文学。但初二时他便被其父勒令辍学了，因为是老大，须要帮家里干活，方能养活他那众多吃干饭的兄弟。然而辍学却未能让他真的出工出力，这家伙常年蹲在家里，据说在"写东西"。老百姓自然不解，正不知他到底是个什么货色，便有议论纷纷，有人干脆说这孩子中了邪，得疯症了云云。有一阵子，我的叔叔很神秘地告诉我，说白生写了个长篇小说，名叫《湖畔激浪》你知道吗？我那时还上小学，不足十岁，只看过一两本红色小说，所以懵懵懂懂觉得很惊异。小说居然还有名有姓，但并不知道这到底意味着什么，只是对他充满了敬意。

后来有一年春季，上五年级的我，忽然看见一辆绿色的吉普车开进了村子。街上顿时一片骚乱，我看到穿小黑袄的白生，被两个穿白色制服的警察押送着进了他的家。矮小逼仄的院落里一下挤满了围观的人。从门缝里，我看见警察在与村书记交代白生的事，大概是，他出门一个多月，不曾参加生产劳动，也未曾请假。照当时的法纪这叫作"流窜犯"，须以判刑论处。但念在他出身雇农，又属初犯，便押送回村里，交由村革委会管理。那时我听见村书记在大声质问白生，到底出门干什么去了。

白生说："我是采风去了。我写东西，须要采风。"

莫名其妙的书记大怒，说，什么采风，我看你是"财疯"。

尚不懂事的我们更没有听明白他们说的是什么，还以为他是说"裁缝"呢。

后来又发生了另一件事，我的同桌小玉出事了。小玉是我班上最漂亮的女同学，时年大约十二岁，她发育早，生得高挑，桃花般粉红的脸蛋，小胸脯已有点胀鼓鼓的。我们这些乳牙未退的小孩子，当然什么也不知道，只朦朦胧胧地觉得人家好看。麦假里，她的父母在打麦场上加夜班，她独自睡在家里，居然被白生强暴了。第二天一早，我们又看见了那辆绿色吉普车，这次是真的把白生押走了。

一晃三年过去了，早已经到了改革开放的年月，服刑期满的白生回到了家，并没有像有人预言的那样，会报复小玉家。那时我也已考上大学去了省城，村里的事情就渐渐知道得很稀少了。恍惚听说后来白生娶了小玉，这令我非常吃惊，因为毕竟他们是仇人呵，怎么会有这种稀奇事情？再后来，我每次还乡，都试图把这件事搞清楚，但却总是忘记了。

直到多年后，白生和小玉的孩子考上了某重点大学的中文系，那一年他们来京城送孩子，我才趁着酒意，当面将事情问了个明白。原来，那白生不过是喜欢小玉，那晚独自在家的小玉隔着墙对他说，她自己在家很害怕。他便悄悄窜到隔壁，与小玉玩耍了一会，疲劳中睡倒在了她家的土炕上。后来他梦见自己和小玉好了，不知不觉抱着她，裆间也流出了尴尬的液体。但就在那时，早上回家的小玉父母恰恰看到了这一幕，不由怒火万丈，告诉了村支书，便有了后来白生吃官司的一幕。

然而实情却是，白生根本没有强暴小玉，小玉依然是标准的处女。她的父母后悔一时糊涂，做了报案的傻事，让白生吃了官司。他们的女儿则坏了名声，再没法嫁得出去。等到白生刑满释放，还是这一双难兄难妹最终成了眷属。

中间有多少故事，都是难言的唏嘘了。我再看人家这孩子时，果真是生得俊美，真个传承了父母的优秀基因，遂叹息了良久，说，这也算是人间奇遇，和小说一般的悲喜剧啊。

倏忽想起，那谜一般的长篇小说，是否真有其事，便问他。他说，从来没有写出过一个字，"只是在做梦。"他发出了尴尬的笑。倒是人家早熟的女儿说："我爸爸青年时代的文学梦，好像从来就是个传说。"小玉也笑了，似乎还有着当年绰约的影子。而今是她的女儿再现着她曾有的青春美丽了，她只是笑着，似乎有一点尴尬，也有一点羞涩。毕竟岁月已经宽释了所有，他们所经历的风风雨雨，却奇迹般的造就了这样一个家庭。如今他们过着一个小镇手艺人的生活，白生以木匠为业，兼以雕刻和烙画为生，在故乡算是小康以上了；而这昔年的小玉，我童年的伙伴，也是衣着得体，凤仪犹在，露着一份满足的笑容。

那一夜，我也做了一个梦，梦见了童年的小玉。她住在白兰花盛放的花丛中，一袭白色的婚纱，貌美如花。而娶她的不是白生，而是童年的我，我娶她时的聘礼，是一部新出版的长篇小说，小说用红缎带包着，非常漂亮，封面上用耀目的蓝色书写着四个大字：湖畔激浪。

春梦
六解

克劳狄乌斯之梦

序·说梦记
宝玉之梦
克劳狄乌斯之梦
贾瑞之梦,抑或风月宝鉴
浮士德之梦
宋公明与黑旋风之梦
西门之梦
解梦后记

他恐惧地破解着镜子里面

恶魔般的形象，他的没落

和他命运的反影。

我们就是俄狄浦斯……

——博尔赫斯：《俄狄浦斯和谜语》

一　一种奇怪的精神病类型

他进来的时候，吓了我一跳。此人身材高大挺拔，梳着一个帅气的背头，面色红润，穿着似乎也很讲究，是一件干净的灰色夹克，裤线笔挺，皮鞋擦得锃亮。因为时至阳春，周边空气里已有些许暖意，我们来时所穿的衣服都有点厚了，所以松松垮垮的，有些迷迷瞪瞪。而眼前这位中年男子却让我嗖地打起了精神。因为我意识到，他可能是个人物。

或许是这福利院的领导吧，我暗自思忖。于是赶紧起身相迎，让座，嘴里寒暄着，便把手伸了过去。他也伸出了手，和颜悦色地回应着我说：有什么我可以帮到您的吗？

这时我注意到，他的目光里有一种动人的光芒。那是一种褐色的眸子，我忽想起"色目人"三个字，虽然我从民族学或人类学的意义上，根本就对这个词一无所知，但那一刹那似乎就认定了，这是一个色目人。他的眸子是那样澄澈明亮，脸色是那么白皙好看，而且鼻梁高挺，眉宇宽阔，口音亦是纯正的京腔。每个动作都似乎带着轻风，干净潇洒。

真是可惜了一个人物，如果做演员真是好材料，我似乎想起某个正在电视剧中大热流行的男主角的样子。

我来这里是想……了解一下福利院的情况，想关注一些病人的文学爱好。还未等我说完，他就忙说："好呀好呀，这里有一大批，让我来帮你找。"我心下大喜。本是忐忑而来的，不知道我的想法是否太幼稚了。我主观地认定，在那座著名诗人住过的福利院里，一定会有一批"与文学有关的病人"。我来之前一直在猜想着，他们"要么是因为爱上文学而疯掉了，要么是因为疯掉了而爱上文学"……真是太有意思了。我深知我的脑海里已中了病毒，中了弗洛伊德和精神分裂症两种病毒，这两种病，都需要到这里来医治。

然而进得门来，心里便凉了，从看大门的保安到医生，都冷冷地斜着眼睛。好像在说，你们这些人，看来也是有病的。你们有什么本事，居然想来这里搞什么研究，真是吃饱了撑的。

好不容易交上了这样的朋友，我连忙把手伸过去，紧紧握住他的手，看着他那同样兴奋得闪着光亮的眸子，说，希望得到您的帮助。没问题，没问题。他说着，连连点着头，我感到了那双大手中的热情和力量。

但就在这时，办公室的门吱呀一声开了，穿白大褂的沈大夫进来。他看见我们两人正握着手高兴呢，陡然拉下脸，对着那位领导模样的吼了一声，你，先出去！谁让你进来的？！

我吓了一跳，不知发生了什么，感到他非常没有礼貌，干吗这样凶巴巴的。再看这位气质男，已经由刚才的春风满面一下子变得面色昏暗，蔫巴了，像变了一个人似的，低眉顺眼垂头丧气，弯着腰，耷拉着肩，像个犯了错的孩子，蹑手蹑脚地走了出去。我怀疑自己是幻觉，怎么转眼间发生了这样的变化？好像一只好看的皮球，登时泄了气，或是一个中了魔咒的盗墓人，忽然变成了僵尸。

呆等着白大褂发落。这姓沈的大夫本来就看不上我们，这会子不知要说什么难听话。他一边呵斥，一边把门关了，对我说：你知道这个家伙是个什么东西么？一个地地道道的伪君子。他什么坏事都干，偷东西，偷窥女性如厕，私藏人家内衣，挑拨离间，打小报告……只有一样，长了这副好皮囊，就会装，会演。

可不是么，我说呢——刚才就是把他当作院领导了。他长得真是太像领导了，这么有派头，我连忙说道。怎么没有认出来，他真的是个病人么？我还是觉得难以置信。

沈大夫详细地给我说了情况,他告诉我说,此人是我们通过问卷调查所选定的患者之一。他虽没有写过什么东西,但他床头确有一摞世界名著,有《基督山伯爵》《茶花女》《普希金抒情诗集》《安娜·卡列尼娜》,甚至还有卡夫卡的《审判》与川端康成的《雪国》……此人还经常在早上"晨读",惹得刚来的小护士也会着迷他。

他确实会干那些坏事么?我有点不大相信,难道他算是一种"伪装症",或是叫作"道德伪善狂"么?沈大夫笑了,说差不多吧,找不出一个典范的说法,你起的这个名字很有意思。他说。不过,他脸上又掠过一丝轻蔑,说:你难道真没有看出这是一个病人么?我说:确实没有想到,因为他的穿着打扮实在是让我始料未及。

……

此事发生在十多年前。那时我筹划了一个突发奇想的项目,要到某福利院调查一下"文学阅读"的情况,兼有一个野心,想看有否一种可能,做一个"文学与精神病的关系研究"。第一步是找典型病例,于是就想了这个题目:"十位有文学背景的精神病患者的调查"。没想到,遇到的第一个奇葩,就是此人。

真是太有意思了,我多年的一些迷障和疑惑都解开了。原来这个世界上还有这样一种疯子,他们身上居然有着比我们这些所谓的"正常人"还强大的"超我",在支配着他们身上的"善的冲动",驱使着他们去"扮演一个好人"。多年以后,我终于明白,所有的精神病患者都是我们的镜像，每个人都会从他们身上看到自己的某个影子，这就是精神现象学的"魔道"之处了。从他们那里，所有人都会巧妙地照见自己，看到一切未经修饰的，还有精心修饰过的，那些道德与灵魂的秘密。

难道不是么，在这个世界上，如果恶是本能的话，那么善就是修为了。所有的修为都不可能是天生的，因此本能与善之间，天然就会有着某种摩擦。就像一个小孩子生来就有自私和破坏性的冲动，必须靠社会奖惩和父母教育来不断使之修正，并最终将这些修为"植入"到他的身体里，内化为他的"超我"人格。所有的人都是这样教育出来的，程度不同，但性质大概接近。

这个人忽让我想起了弗洛伊德发明的一个词，叫作"伪君子的梦"。他是在《梦的解析》一书中提出来的，大意是此人会在梦中发现自己是一好人，一个做好事不讲价钱、不留名的高尚的人。或者是明明已经获得了成功，但在梦中却还总是梦见自己的失败，经常想起某种"教训"，以此来自我警示。虽然弗洛伊德并未真正意识到他这个发现的非凡之处，也没有将之阐释深透，却给了我醍醐灌顶般的启示。

我不想披露那位"伪善的"病患者的名字，恍惚记得当时给他起了个代号，叫作"红桃7"。我曾一度对他极有兴趣，但后来不知为什么，他忽然不配合我们的研究了，关于他的调查也未及深入而中断了。想来这是至为可惜的一件事，当我多年后真的意识到他作为案例的重要性时，却失去了观察和研究的机遇。

二 作为疾病的道德

思路不知为何，忽然又跳回了故乡，想起了关于故乡的人和事。笔者的老家在山东博兴，汉代以前，这里属"千乘"地界。千乘者，自然是从"千乘之国"得名。博兴紧挨着齐都临淄，兴许是因为有重兵屯驻，战车千辆，故称作千乘。处都城旁侧嘛，自然有拱卫之责，拱卫都城，当须要有重兵。这个不算考证，只能算是瞎猜。我只是想说一个故事，《搜神记》中所记的作为"千乘人"的"孝子董永"的故事。该故事现被乡人恣意夸大为信史，还造出了"董府佳酿"之类的名酒。这都罢了，我故乡的人捕风捉影编故事，不过图点利益，为文史乡俗添点儿材料，为地方文化和旅游多添个噱头罢。然现代以来不惮以恶意编故事的人就不一样了，他们非要捏造出一个苦大仇深的董永来。

《搜神记》中的原话说，这董永"父亡，无以葬，乃自卖为奴，以供丧事。主人知其贤，与钱一万，遣之"。说的是，董永家贫，为了葬父，宁愿将自己卖为家奴长工。但买了他的人却认为他是个孝子，给了他一万钱就叫他走人。兴许是董永运气好，但归根结底还是笔者的乡风自来淳厚，并未有吃定他当牛做马的恶人。而董永也确乎格外讲究信义，为父守丧三年后，定要报答主人，回到买主那里去做工。

永其行三年丧毕。欲还主人，供其奴职。道逢一妇人曰："愿为子妻。"遂与之俱。主人谓永曰："以钱与君矣。"永曰："蒙君之惠，父丧收藏，永虽小人，必欲服勤致力，以报厚德。"主曰："妇人何能？"永曰："能织。"主曰："必尔者，但令君妇为我织缣百匹。"于是永妻为主人家织，十日而毕。

女出门，谓永曰："我，天之织女也。缘君至孝，天帝令我助君偿债耳。"语毕，凌空而去，不知所在。

年轻人的好品行感动了上天，天帝定要帮助他，于是路上出现了一个女子，对他说，我愿做你的老婆。就随董永一起到主人家去。而主人全然没有霸占董永的意思，反倒有点不解说，已把钱奉送阁下了呀。董永答曰，蒙主厚恩，小人没有理由不来报答。主人无法，便问他的女人能干什么。董永说："善纺织。"主人便说："如果你一定要这样来报答我的话，就让你太太给我织一百匹双丝细绢吧。"一百匹，自然不是个小数目，想来织工差不多也刚好值那一万钱，要么就是这主人有点卖乖的意思了——你这么固执地要报答我，那我姑且就给你个难完成的活儿。设想，即便如此，如果一年半载织不完，主人也必不会为难他。

于是永妻为主人家纺织，十天即织完了。

该处省略了大量的故事细节：比如董永卖力干活，永妻日夜不休。但绝无主人欺压，小夫妻备受煎熬之事。也未见天帝专横，非要拆散人间夫妻的凶恶面目。

然小女子出门后即对董永说，妾乃天上的织女。只是因郎君为孝子，感动上天，天帝才命令我来帮你偿还欠债的。说完腾空而去，一溜烟不见了。

这董永和仙女似乎也属于涸辙之鲋的那种情分，苦难时相濡以沫，大水一来则相忘于江湖。分别时，也并无生生死死的悲悲切切。而戏里所编造的财主的凶恶，便纯粹是道德的谎言了。想来世上还是好人多，你尊我一尺，我还你一丈。董永和财主都属于这样的人。这才是正经八百的淳朴古风，也是我爱的厚土故地。

因此，某种程度上"教化"在文学中，经常会变成一个虚伪的命题。表面上最讲究道德的人，没准儿就是伪君子。过度执念于道德的命题，于真正淳厚古朴的民风来说，不啻一种败坏，它无意识地将人性中的恶夸大并唤醒了。人与人之间变成了欺压的关系、背信弃义的关系、横加干涉的关系、损人不利己的关系……你说这戏码儿，到底是教化人呢，还是误导人？想来《搜神记》之所以没有写到那诸般人性之丑和恶，大约不是这干宝刻意要"麻痹人民"，掩盖阶级斗争，而是那时确乎较少背信弃义之人与薄情寡义之事罢。社会风气没有那么坏，讲故事的人自然也就想不到那么多。

无独有偶，纪昀的《阅微草堂笔记》中也有一节，是开篇处的故事，叫作《狐语》。说的是沧州有个叫刘士玉的读书人，家里有间书房被狐狸精所占据。这家伙通人语，白天还可以同人对话，甚至胆大妄为到可以揭墙上的瓦块打人。彼时，这里的州官董思任，是个好官，也是个好事儿之人，便亲自前来要驱这狐精。他到了之后，即"盛陈人妖异路之理"，换成今人的话说，就是"大讲科学道理"，但就在此时，那家伙说话了。

忽檐际朗言曰："公为官颇爱民，亦不取钱，故我不敢击公。然公爱民乃好名，不取钱乃畏后患耳，故我亦不避公。公休矣，毋多言取困。"董狼狈而归，咄咄不怡者数日。

这妖孽也颇有一套，它不像人，喜欢冠冕堂皇从高处谈，而是用了"底线思维"，说你这州官虽然廉洁爱民，但也不过是为了自个儿的利益。你爱民不过是希图个好名声，不贪不捞也是怕以后有麻烦罢了，你以为你是个什么好鸟么。所以在下我也就不回避你，但你也不要自作聪明，唠叨个没完，说多了倒叫自己尴尬也。

哈哈看官，你道这畜物是好惹的么？讲起理来也是一套一套的。用高尚和科学的大道理都对付不了它。州官狼狈而归，很没面子也很不高兴。最后咋办？还是底线思维，用粗蛮之人对付这等妖魅之货。"刘一仆妇甚粗蠢，独不畏狐。狐亦不击之。或于对语时，举以问狐。狐曰：彼虽下役，乃真孝妇也。鬼神见之犹敛避，况我曹乎！刘乃令仆妇居此室。狐是日即去。"州官前番折了一次面子，这一招则扳回了一局，着一粗使丫头来书房里住下，该女佣不畏妖物，狐精自然也奈何她不得；反而说，她虽属下人，但却是一个真正的孝妇，对这样的人，便是鬼神也要畏惧三分，何况我辈呢。说罢溜之大吉。

这故事依在下看来，也是同样道理，凡事别把道德看成是一高出人间之物，常用底线思维有好处。动辄以高不可及的道德要求人，到底不是有效的办法。想来吾族人之所以常飙高大口号，却常有置倒于路边的翁妪于不顾的奇闻，大约也是因了这般缘由罢。

三 "道德伪善狂"的表演

笔者以前总疑惑，为什么人在童年时的梦总是非常清晰。早上起来，可以和自己的祖母或姨妈，毫不含糊地讲出梦中的情景，且讲述时并无编造，哪怕是本能的编造。而到渐渐成年之后，梦却变得愈来愈模糊，最终竟然无法讲述。有时明明在梦中记得很清楚，甚至在梦中就开始整理记忆了，告诉自己，希望可以清晰地记下来；但眼睛睁开时，那个原本似乎清晰的梦突然飞走了，消失得无影无踪。

原先我总认为，这是因为人的记忆力衰退的缘故。因为人渐渐长大时,脑子里储存的东西越来越多,就像一台存了太多东西的旧电脑,渐渐运转不灵了。但现在我想,问题可能还不仅仅在此,而是在于"梦境检查制度"的渐渐严苛。随着人的长大,逐渐地世俗化和社会化,"自我"这东西渐渐变得皮糙肉厚,他以理性的面目自居,就像个愈老愈刻板严厉的门卫,将这尴尬的"本我"看管得愈发紧了。而"本我"呢,那原本活跃的肌体也渐渐丧失了率性,而不得不更加学会伪装,在复杂的乔装改扮之后才得以出笼。如此,梦境中的形象,便变得越来越暧昧模糊,难以记得起来了。

而且在梦醒时又多了一层检查,这同样是无意识的。所以醒来的刹那,如果我们觉得这个梦是不合伦理或规制的,或是比较无趣,对自己不利的,便在"开机"时即出现了一个"删除"动作,或者叫"刻意遗忘",变成了乱码,所以梦也便记不起来了。

这和人性中"只记得过五关斩六将,不记得走麦城",是不是同一个道理?谁都愿意记得对自己有利的事情,而不愿记起对自己不利的事情,特别是坏事情。所以,不只记忆是选择性的,连梦境的保留与否,也变成了选择性的。

而这便是在下的发现了,也是他——我们的主人公,"黄昏的君主,做梦的国王",克劳狄乌斯的逻辑。这十恶不赦的家伙,在达到了目的之后,最想做的就是"洗白"自己。如何洗白?那便是演戏,演一个至为宽厚与睿智的仁君,演得越像越好。于是,他在王子哈姆莱特和王后——从前的嫂嫂、而今的妻子面前，努力扮演了一个仁慈的父亲和丈夫；在其他的大臣面前，则努力扮演着一个明君圣主的角色。他演得很像，完全入了戏，以至于自己也都相信了自己。每当年轻的王子向他恶语相向出言不逊时，他几乎毫不介意，绝无愠怒，话里话外都透着善解人意的体恤和宽容。以至于连我们这些观众都有点晕了，觉得年轻人是有些过分了，如此气量狭小而目无尊长，怎么能行？

其实哈姆莱特之所以装疯，除了猝然失去父亲的悲伤与惶惑，另一方面也是因为来自此人之伪善的压力。如果不疯掉，他便无法面对这伪君子，也无法对众人揭破他的把戏。因为当他从德国威登堡大学急切回到丹麦奔丧之时，奸王已然坐定了王位，变更了朝纲，甚至还娶了王子的母亲，变成了哈姆莱特"新任的父亲"。满朝文武都已臣服于他，母后已然与他同床共枕，连昔日那些交好的同窗兄弟也都早已投靠。你让这年轻人如何能够淡定，如何能够单靠过人的理性和头脑来应对呢？

所以他只好不惜败坏自己完美的形象而"佯疯"，以缓解痛苦、无助和焦虑。五百年后的博尔赫斯洞悉了这一切，故写下了那首著名的《镜子》，其中专门分析了"伪善"的秘密机制。回想近三十年前，当我初次读到它时，好像并没有注意到这几句的厉害；后来许多次重读，也依然没有真正领会个中深意；直到十年前我在精神病院里遇到那"道德伪善狂"的一刻，在与医生的对话中，似乎猛然间受到了什么刺激，一下子醒悟过来了。

这是篇幅很不短的一首诗，它在反复展开地分析了"各种形态的镜子"之后，忽然冒出了这几句：

> 克劳狄乌斯，黄昏的君主，做梦的国王，
> 他并不觉得自己在梦中，直至那一天，
> 一个演员用哑剧在舞台上
> 把他的罪孽向世界献演。

我从未感到有如此突兀、令人警醒的震撼。我意识到，老博尔赫斯之所以说他是"做梦的国王""在梦中"，是说他在扮演，他彻底进入了角色，而并没有觉得，或者早已忘记了这一切都是虚假的镜像。他毒杀了兄长，骗娶了嫂嫂之后，便一直立志和励志要做一个好的君王。所以无论哈姆莱特如何用恶毒和不堪的话语来攻击他，他都不曾生气。他甚至连自己也相信了"他编织的童话"——一如舒婷当年送给顾城的诗中所说，"你相信了你编写的童话，自己就成了童话中幽蓝的花"。什么时候他的梦碎了？那就是哈姆莱特导演了那一幕哑剧，将他的罪孽"向世界献演"。那一刻他真的好像是被剥光了衣服，赤裸裸地现形在了众人面前，他大叫着从现场逃掉了。

然而在梦醒来之前，他扮演得分毫不差。即使是王兄尸骨未寒，

他就已急不可待地迎娶王后之时，他也能够将这无法说通的鬼话，说得听起来无比得体，如天花乱坠。

　　虽然我们亲爱的王兄哈姆莱特新丧未久，我们的心里应当充满了悲痛，我们全国都应当表示一致的哀悼，可是我们凛于后死者责任的重大，不能不违情逆性，一方面固然要用适度的悲哀纪念他，一方面也要为自身的利害着想；所以，在一种悲喜交集的情绪之下，让幸福和忧郁分据了我的两眼，殡葬的挽歌和结婚的笙乐同时并奏，用盛大的喜乐抵销沉重的不幸，我已经和我旧日的长嫂，当今的王后，这一个多事之国的共同的统治者，结为夫妇；这一次婚姻事先曾经征求各位的意见，多承你们诚意的赞助，这是我必须向大家致谢的。

　　好个"让幸福和忧郁分据了我的两眼"，"用盛大的喜乐抵销沉重的不幸"。他厚颜地将无耻装扮成了坚忍，将贪欲的图谋偷换成了责任，甚至还将这小人的僭越演成了君子风度，将卑鄙的谋杀犯说成了悲情的"后死者"。

　　这是世界上最具绅士气质的不要脸了吧。自我的道德化，是骗子的拿手好戏，他演得真可谓滴水不漏，完美。中国的夫子说，"吾未见好德如好色者也"，而这家伙是把好色硬说成了好德。这提醒我们，如果世界上有人将欲望当德行说，或是以德行的名义来实现其贪欲的时候，我们就要小心了。还有一点，语言也是如此地可疑，想想这完美的效果，不是首先来自他奇妙的"话语转换"么，是过剩而漂亮的修辞，将这悖谬和无耻成功地转换为了合法与合道德。

而完成这一话语转换的语言大师不是别人，正是伟大的老莎士比亚。

当然，除了道德，最好还要再加上理性。克劳狄乌斯深知"理性"可以战胜仇恨，"理智"可以战胜正义。哈姆莱特的仇恨和正义，正是在他的"理性"面前变得一无所能，变得那样苍白、弱小和不成熟。

> 哈姆莱特，你这样孝思不匮，原是你天性中纯笃过人之处；可是你要知道，你的父亲也曾失去过一个父亲，那失去的父亲自己也失去过父亲；那后死的儿子为了尽他的孝道，必须有一个时期服丧守制，然而固执不变的哀伤，却是一种逆天悖理的愚行，不是堂堂男子所应有的举动；它表现出一个不肯安于天命的意志，一个经不起艰难痛苦的心，一个缺少忍耐的头脑和一个简单愚昧的理性。既然我们知道那是无可避免的事，无论谁都要遭遇到同样的经验，那么我们为什么要这样固执地把它介介于怀呢？嘿！那是对上天的罪戾，对死者的罪戾，也是违反人情的罪戾；在理智上它是完全荒谬的，因为从第一个死了的父亲起，直到今天死

去的最后一个父亲为止,理智永远在呼喊:"这是无可避免的。"我请你抛弃了这种无益的悲伤,把我当作你的父亲;因为我要让全世界知道,你是王位的直接的继承者,我要给你的尊荣和恩宠,不亚于一个最慈爱的父亲之于他的儿子。至于你要回到威登堡去继续求学的意思,那是完全违反我们的愿望的;请你听从我的劝告,不要离开这里,在朝廷上领袖群臣,做我们最亲近的国亲和王子,使我们因为每天能看见你而感到欢欣。

嘿,瞧瞧,还有什么话说?有了这番道理,任何一个未"丧失理性"的人,都只能心安理得接受现状,若要再固执己见,那便铁定是"逆天悖理",而非"堂堂男子"所为了。面对这样出色的演员,你让年轻的王子不疯,又如之奈何?

四 "伪君子的梦"

还要回到《梦的解析》中那个至为关键的发现:"伪君子的梦"。深不可测的老弗洛伊德由此给出了一把钥匙,也暗示了又一深不见底的人性迷宫。他提到了一个叫作罗塞格的人的梦,此人是一个作家,他提供给维也纳精神分析协会的有趣的例子,是他一度每天都做一个"当裁缝的梦",他不要报酬地长期在裁缝店里给人干活。此作家青年时代曾在裁缝店学徒，后来成长为中产阶级，却依然沉浸于这并不愉快的旧梦里（呵呵，这像不像是我们熟悉的某些作家）。弗洛伊德在分析这个梦的时候，显然也联系了他自个儿的经验，如在取得了成功的时候，又梦见自己曾经很糟糕的失败经历等等。于是他认为，这是带有"自我惩罚"性质的梦境。他还举出了一些相似的梦，如梦见自己和已断交多年的人"和谐相处"，这也是一些"虚伪的梦"。

显然，弗洛伊德似乎注意到了，又似乎没有真正注意到此类梦的意义。他是想说，人会在梦境中将自己的"超我"形象也呈现出来，只是这呈现刚好被无意识，甚至"本我"控制了，就像慈悲的唐僧总是束手无策地被妖怪控制一样。他用了"梦中的超我假象"，偷换了"现实中的超我实情"。我据此领悟到，在梦境的心理机制中，确乎也有一种"伪善的喜好"，即"扮演好人"的本能。按照此理，推而广之我们也可以说，每个人在某种意义上都是一个演员，都有将自己"扮演为一个君子"的愿望。当夫子说"君子坦荡荡，小人长戚戚"的时候，他无疑是把自己当作了君子。没人会愿意承认自己是一个小人，这是超我在人格结构中引导和暗示的作用，它最终变成了一种无意识，甚至强迫症。

可是最可怕的，是妖怪会"幻化为唐僧"出来活动。在克劳狄乌斯这里，幻想中高尚体面的超我形象，与他现实人格中卑鄙的自我，完全是两张皮。他骨子里的魔鬼，也根本不可能战胜其本我中的丑陋和自私。于是,这做君子的冲动,反而使之变成了一个有病的戏精。如果世界上确乎存在着如"红桃7"那样的一种分裂症的话,那么他,也当然是一个典型的精神病。

然而"扮演"本身,已然演化成了人类普遍的一种本能——在梦境中会演出其超我的形象。这算不算是笔者一个值得炫耀的发现呢?能不能成为某种"格言"之类的话语?我特别想强调一下。不过,这还都不是问题的核心,真正的要害在于,扮演者会"由梦境延续至现实"之中。做做梦也就罢了,但主人公会执着地混淆现实与想象、梦境与醒来时的界限,将其梦中的虚伪,变成现实中的强权。克劳狄乌斯显然是属于这样的情况,因此,博尔赫斯才说他是"做梦的国王",其深意,我们焉能忽略。

有同样生动的例子,法国人莫里哀在他的喜剧名作《伪君子》中,也描绘了一个类似的戏中人物。此人也像是活在由他自己编制的梦境之中。原本落魄如乞丐的他,在慷慨的有钱人奥尔贡和他的母亲、太太那里骗取了信任。就像妖精扮演的唐僧,魔鬼化装的上帝,他以虔信者、苦修圣徒、主的代言者身份出现,用虚假的言辞,将自个儿打扮成了一个道德上的完人,以此来实现对信众的控制。由此,他在这个家中迅速地获得了准主子的身份,编演了一幕空手套白狼的好戏。

然而信众里并非所有的人都在梦中。这家庭中所有的年轻人,甚至连女佣桃丽娜,都已将骗子的面目看得清清楚楚。只有关键的人物,我们的绅士奥尔贡被蒙骗在鼓里,而且还患上了一种"获得性信任偏执症"。家人越是提醒,他就越是固执;骗子越是撒娇卖乖跋扈讨巧,他就越是深信不疑。

剧中伪君子答尔丢夫的出场很晚,戏演了将近一半,他才终于露面。前面是闻其声而未见其人,概是通过他人之口,通过奥尔贡家爆发的矛盾,来说答尔丢夫的卑劣与下作。可每当儿子达米斯和女儿玛丽亚娜说出真相,都会激起奥尔贡的怒火,并使他产生出更加严重的"反向偏执",以至于最终竟荒唐地宣布,要将如花似玉的女儿嫁给答尔丢夫,将全部的家产也都赠予这无耻之徒。直到有一天,奥尔贡在老婆的卧房里,亲耳听到答尔丢夫向他的妻子埃米尔献媚求欢、倾诉"衷肠"之时,才恍然大悟,意识到自己是受骗了。

这多像是前些年,由三位喜剧人所演出的系列小品——《卖拐》中的情景:由赵本山扮演的骗子,只用了一个简单的"暗示法",就让范伟所扮演的一个智商大体正常的路人,登时化为了一个跛子。紧接着,骗子使用了"道义加情感"的复合套路,进一步俘获了受骗者的信任,并使他也患上了与奥尔贡相似的"信任偏执症"。当高秀敏扮演的一个良知未泯的合伙人给他提醒,告诫他有可能上当受骗的时候,他反而会大为光火,指斥其捣乱。

忍俊不禁之后,我们再来对照一下:本山叔等人的小品好看,但只能算拾人牙慧,是莫里哀喜剧的翻版;老莫里哀是大师,但和莎老爷子比又只能算是学生。《伪君子》和《哈姆莱特》怎么比？确乎是小巫见大巫，在深度和容量上都无法匹敌。可莫里哀聪明，他避开了莎士比亚的深度，选择了庸人和平民的小阵仗，将剧情集中于受骗者和醒悟者之间的冲突——让偏执者更偏执，梦中人更执迷，在荒唐的逻辑中胶着，以此让剧情延宕，使观众揪心。这就算是成了。

仅从道德的眼光看，奥尔贡和答尔丢夫这两个人物可谓形同水火，判然有别，可若是我们从精神分析学的角度看，事情就变得没有那么简单。他们可能就是一路货，是一种病的两种症状，或是两种病感染了同一种疮，流的是同一道脓水。奥尔贡看起来是个急切向善的主儿，可是他之向善中，不也有着专横的愚蠢和偏执的自私吗？他把答尔丢夫当作上帝供着，其动机已变成了病态的利己。所以，狡诈和愚蠢，信众与骗子，本来玩的就是同一个游戏，在奥尔贡的行善，与答尔丢夫的伪善之间，也许本不存在一个清晰的界限。

因了这个缘由，答尔丢夫就不只是一个脸谱化的人物，纯然是反向的讽刺了，他还是我们自身的镜像。奥尔贡也一样，当我们思考并且准备向善的时候，这两个人物，就像是两面镜子，会帮助我们照见自己：有没有伪装的自私，抑或是蠢到从未意识到的灵魂的秘密？

从这个意义上说，莫里哀也很了不起，他的伪君子与莎翁笔下的奸王的意义，庶几是一样的。

当然，既为喜剧，结尾未免就俗了许多。对答尔丢夫的最终审判，是靠了一位睿智王爷的侍卫官。他秉承了权威的英明与洞察力，秉公处置了骗子，拿回了奥尔贡先前的转赠协议，恢复了这一家人的合法权益。

五　魔鬼的梦醒时分

让我们再回到本篇的主角。在朱生豪的译本中，奸王是译作"克劳狄斯"（King Claudius），而在王央乐翻译的博尔赫斯的《镜子》一诗中，则译作"克劳狄乌斯"。窃以为后者的翻译也许更准确些。因为这个名字有可能是来自于一位名声不彰的罗马皇帝，长相不佳，且又有残疾的克劳狄一世，提贝里乌斯·克劳狄乌斯·德鲁苏斯·尼禄·日耳曼尼库斯（Tiberius Claudius Drusus Nero Germanicus，公元前10—54），这个名字很冗长，也容易被混同于他之后名字同样啰嗦的第五位皇帝——著名的暴君尼禄（Nero Claudius Caesar Drusus Germanicus，公元37—68）。他是罗马帝国朱里安·克劳狄王朝的第四任皇帝，是在宫廷内斗中偶然坐上皇位的。鉴于他并非正统的身世，以及有缺陷的长相和德行，窃以为莎翁在写此剧时，大概有意用了这一掌故，以暗示和强调"克劳狄乌斯"之作为"奸王"，沐猴而冠的僭越之身。

剧中关于奸王的长相，是不断通过哈姆莱特之口，还有他与父王的鬼魂之间的对话,来侧面描述的。第一幕的第二场中,哈姆莱特以"天神和丑怪"之别,来形容其父王与叔父之间的差异;父王的鬼魂在叙述事情真相时,则如此来形容他恶毒的内心,"过人的诡诈,天赋的奸恶……阴险的手段";第三幕中,哈姆莱特在怒斥母后时,又将其叔父形容为"一只蛤蟆、一只蝙蝠、一只老雄猫"。所有这些都显示了两个"克劳狄乌斯"之间的内在联系。

好了,这些或许都没那么重要。我之所以费功夫来证明克劳狄乌斯的长相,是想探究莎翁在写作该剧时,有可能潜藏的某些深意。这些深意被老弗洛伊德忽略了,他一直过分关注哈姆莱特,而忽视了克劳狄乌斯这个角色的意义。而敏锐的博尔赫斯意识到了,他在诗歌中将我们引向一个认知的黑暗地带,当然,也是一个有着无比明亮的真理启示的境地。如果我们尝试来分析一下,很可能,在莎翁的构思与设定中,克劳狄乌斯是一个丑陋的家伙,外观的丑陋与内心的怯懦,还有德行上的卑鄙当然是对称的。如此,在克劳狄乌斯内心中,便有着一种深刻的自卑与妒忌。这或许是他在弑兄篡位之后,还要娶原先的王后作为妻子的真正动机,因为他原本也可以娶一个更为年轻和"纯洁"的女性来做王后。当然,你可以将这解释为是他的政治考虑,娶原先的王后,可以有助于他稳固政权,迷惑或钳制对手,尤其是有着合法继承权的王子哈姆莱特。但是,在笔者看来,他之所以努力扮演自己的正面形象,确与先前的自卑所驱动的一种内力有关。

这是很有意思的,"做梦的国王","他并不觉得自己是在梦中",我觉得博尔赫斯是真正读懂了莎士比亚。克劳狄乌斯背负了现实中作为罪人的巨大压力,他宁愿希望一直生活在梦中。在梦里,他是一位慈父和仁君,受人尊敬,且不受支配地行使权力,与一切既成的秩序和平共处……如果这样的状况能够一直延续,他就会一直维护下去。这是一个"反向的梦境",常人是希望噩梦会醒来,他则是希望春梦勿受惊扰,将现实固执地当作了白日梦来做。然而在第三幕,哈姆莱特的哑剧如一道黑暗中的闪电,照出了他丑陋的真容,如一声断喝将他从梦中惊醒,他便无法再继续装扮下去了。

请注意克劳狄乌斯的反应——他先是大惊失色,而后则是要尽快将这面让他从梦中醒来的"照人的镜子"予以移除,将王子遣送至英国,并密信让英方将他处死。这样既能够除灭政敌,又可以免受内部的压力。他急忙调动人事安排,一切停当之后,无人之时,他的自言自语披露了他内心的惊悚:

> 啊!我的罪恶的戾气已经上达于天;我的灵魂上负着一个元始以来最初的咒诅,杀害兄弟的暴行!我不能祈祷,虽然我的愿望像决心一样强烈;我的更坚强的罪恶击败了我的坚强的意愿。像一个人同时要做两件事情,我因为不知道应该先从什么地方下手而徘徊歧途,结果反弄得一事无成。要是这一只可咒诅的手上

染满了一层比它本身还厚的兄弟的血,难道天上所有的甘霖,都不能把它洗涤得像雪一样洁白吗?

若是读者还没被这华美的辞藻弄晕,便能够体察奸王此时的内心痛苦。他也是人,内心的魔鬼和人的良知在进行着斗争,这才是伟大的莎士比亚!他揭示的不是人间正义的必然胜利,而是人性中全部的黑暗与秘密,包括了我们自己也无法解释、不曾意识到的那些秘密。看,他在祈求上帝的宽恕:"慈悲的使命,不就是宽宥罪恶吗?祈祷的目的,不是一方面预防我们的堕落,一方面救拔我们于已堕落之后吗?那么我要仰望上天;我的过失已经犯下了。可是唉!哪一种祈祷才是我所适用的呢?'求上帝赦免我的杀人重罪'吗?那不能,因为我现在还占有着那些引起我的犯罪动机的目的物,我的王冠、我的野心和我的王后……"老莎士比亚给我们活画了一个正在分裂的灵魂,他在怯懦而孱弱的"超我"与泛滥而失控的"本我"之间的挣扎,以及魔鬼在这一过程中的胜出,以及胜出之后真实的惧怕。

啊,不幸的处境!啊,像死亡一样黑暗的心胸!啊,越是挣扎,越是不能脱身地胶住了的灵魂!救救我,天使们!试一试吧:屈下来,顽强的膝盖;钢丝一样的心弦,变得像新生之婴的筋肉一样柔嫩吧!但愿一切转祸为福!

进入魔鬼的灵魂吧，假如能够。我们看到了，他正在用人间的种种罪恶，人性的诸般弱点，来为自己宽释，用了世界上所有的不堪来为自己垫背。但最终，他所害怕的仍是上天的审判，他认为在那里"一切都无可遁避"，都会露出真容。因此唯一的办法是忏悔，而他又是无法忏悔的，因为他不能交出他的所得，更不可能向天下坦承自己的罪行。这样的现实不是噩梦是什么呢？所以他的梦是双重的——既是不愿醒来的春梦，又是希望不曾发生的噩梦。

显然，王子的哑剧已然当众扒光了他的衣服，这是最致命的，他之前所精心维护的梦境已被撕碎。老莎士比亚实在是太厉害了，他将这一过程展示得淋漓尽致。哈姆莱特在排练之时，便自言自语道："听人家说，犯罪的人在看戏的时候，因为台上表演的巧妙，有时会激动天良，当场供认他们的罪恶；因为暗杀的事情无论干得怎样秘密，总会借着神奇的喉舌泄露出来。我要叫这班伶人在我的叔父面前表演一本跟我的父亲的惨死情节相仿的戏剧，我就在一旁窥察他的神色；我要探视到他的灵魂的深处，要是他稍露惊骇不安之态，我就知道我应该怎么办。我所看见的幽灵也许是魔鬼的化身……凭着这本戏，我可以发掘国王内心的隐秘。"随后，他还再三叮嘱他的好友，同样知晓秘密的霍拉旭，让他集中全副精神注视他的叔父。"要是他在听到了那一段戏词以后，他的隐藏的罪恶还是不露出一丝痕迹来，那么我们所看见的那个鬼魂一定是个恶魔,我的幻想也就像铁匠的砧石那样黑漆一团了。"他坚信这出戏就是一面照妖镜,只要对手还有人的弱点,就一定会暴露出来。

这就是莎士比亚,他窥测人的灵魂如探囊取物,分析魔鬼的内心如同解牛的庖丁。他没有将奸王脸谱化,而是彻头彻尾地还原了他的处境,设身处地设想了他内心的窘困。并让这"黄昏的君主"无法挣脱他命运的魔咒,最终湮灭在渐渐升起的黑暗之中。

六 从诈术到疾病

阿德勒在分析犯罪心理的时候,曾有一精当的看法。在《自卑与超越》中,他认为人类身上有一条"巨大的活动线",即"挣扎着要由卑下的地位升至优越的地位,由失败到胜利,由下到上"。在这一点上,罪犯也不例外。但罪犯人格的核心要义,在于"他总是希图追求他私人的优越感"。我们的莎翁敏锐地意识到了,克劳狄乌斯正是从犯罪中拿到了实实在在的好处:至高的权力、荣耀、女人、财富……假使再附以成功表演所获得的"道德化效应",那么他就完全成功了。若是一直无人揭破,便应了中国人那句"胜者王侯"的古话,他接下来的一切,都会因为权力的合法性而神圣化。

这就是全部的秘密。阿德勒所分析的自卑与犯罪、自私与犯罪、精神病态与犯罪的诸种复杂关系中,似乎都可以看到克劳狄乌斯、答尔丢夫这些人物在活动。他们所有的缺陷,包括丑陋,某种意义上也构成了试图超越这一切的强烈动机。不过笔者认为,我们的重点并不在这里,老莎士比亚所表达的,早已溢出了"犯罪心理学"的范围。他想告诉我们的,不是社会政治范畴中的伦理困惑,而是文学主题中的道德命题。他要启示我们,要像奸王从哑剧中照见了他自己一样,让我们这些观众,也从克劳狄乌斯身上"照见我们自己",这才是问题的关键。如果我们能够潜入他的灵魂,并随着惊心动魄的剧情,最终从他的梦里一起醒来,才是真正没有愧对我们的莎翁。

我是在见到"红桃7"的那一刹那,才明白了这个道理。每个人都是克劳狄乌斯,也都是"红桃7"——在某种意义上,或者可能的情形下。在我们脆弱的人格平衡中,难保没有这样的一个时刻,我们努力地演出着一个好人,却抑制不住内心的贪欲和自私。当这扮演最终成为了我们自律的修养或习惯,那么也就意味着我们离一个真正的好人渐行渐近,离一个坏蛋、奸王和骗子越来越远;反之亦然,一旦我们放松管制,和他们之间就只有一步的距离。

因此,伟大的文学作品,永远是一面人性的镜子,它照耀我们认知人性之丑,也引领我们通过反思自我而努力向善。因此,假如必定有一篇作业,限制我们用两句话说出一个体会,那么这就是我的答案。

不过别忙,这样的调门也有可能将问题泛化——将人性的弱点混同于犯罪。毕竟我们这些常人并没有成为罪犯，没有弑兄篡位，霸人财产，有时候会有点装，但还没有成为卑鄙偏执的"伪善狂"。以他们为镜，照见了我们灵魂中的灰尘，却不能妨碍我们擦亮辨识伪善的眼睛。

有朋自香港来，谈到其亲身经历的一个人，一个高级骗子的故事。他说，该骗子似乎姓蒯（音），天生一副凛凛之躯，风度翩翩，出手大方，在圈子里人气很旺。自言其三十五岁即是副部级了，方今则为香港政商两界的头面人物。数年前，中央政府的高官访港之时，一张小报上居然出现了"某某访港，先见蒯某某再见特首"的消息，言之凿凿且附有照片为证，不由你不相信。此人带着光环出入各种圈子，畅行无阻，于是坊间各路俗人便竞相攀附，遂至暴富。据说某财团为公关之需，愿意出一亿美金支持他创办一份报纸。直到他已挥霍掉了两千多万，方才跌足而知真相。

何以会有这等弥天大谎？据说他是先买通了保安，又雇用了小报记者，拍下了他进入酒店的一个背影。然后又请人抓拍了领导人步出酒店的照片，两相叠加，产生的"蒙太奇"效应，便是领导先见了他，才又去出席了另外的官方活动。

瞧，这比答尔丢夫玩得大吧，升级了。天下骗子太多，大到这一位，小到网上的各种陷阱，真可谓形形色色，无奇不有。但这还只是限于骗财，如再沾上点政治因素，那就又不一样了。有朋友曾给我推送了一份材料，让我这出生于六十年代，深受特殊文化浸染的人也深感震惊——原来这"英雄"也有假扮的，一个叫作刘学宝的人就是一个案例。此人由深夜舍身护桥，与"反革命分子"殊死搏斗的英雄而成名，一度还写进了七十年代的小学教科书。而十八年之后，他却以故意杀人、欺骗政治荣誉的重罪，而被判处无期徒刑。不啻为世间奇闻。

原委比小说还要有戏剧性：这刘学宝当年是驻扎在甘肃省连城林场"支左"部队的战士，解放军某部的一个副班长。也可能日夜梦想出人头地想疯了，便开始想歪点子。他盯上了一个名叫李世白的人，此人年轻时曾在国民党军队服过役。刘料想此人政治上有污点，若要设计嫁祸，会符合逻辑。于是他精心谋划了一场自导自演的骗局。1967年12月17日晚9时许，他将李世白骗至池木哈村边的大通河两孔水泥大桥上，先用石块猛击李的头部，而后引爆了他事先携带的一只炸药袋。闻声赶来的群众见他左手鲜血淋漓，躺在旁边的李则处于昏迷之中。刘学宝忍着剧痛还继续着他的表演，他让人们检查大桥上是否还有爆炸物，然后就按事先编好的剧情，讲述了他与"罪犯"搏斗的过程。

事情发生后，据说当地警方一时并未有明确结论。然而被特殊年代的情绪所支配的人们，则全然按照他的剧本推演。在送医院的过程中，人们继续击打着还有生命迹象的李世白，将其活活打死，并且共同想定了桥上的情景。不久，刘英雄的事迹就登了报，变成了全国人民学习的榜样。直到八十年代，许多人才根据当年的疑点重提此事，经兰州公安和军方的联合侦查，终于查明了事实真相。1984年4月，兰州市公安局将刘学宝依法逮捕，次年永登县委也纠正了李世白案，洗雪了他一十八年的沉冤。

这荒诞至极的案件，其实也无须福尔摩斯，或是《尼罗河上的惨案》中波洛那样的大侦探，刘的剧本根本就经不起推敲，傻子都能看出破绽。比如，爆炸物从哪儿来，破坏力究竟有多大？为何李的头部是被钝物击伤，而偏巧炸药炸伤了刘的左手？现场的情况只要稍微一捋，就会出来十来条无法解释的逻辑。为何刘赶得这么巧？如果这炸药只是炸伤了他的一只手，那么"李犯"想"炸毁大桥"的动机又如何说得通？

但一切就是如许荒诞，这也是"超我"之虚伪和陷入疯狂的结果，是人格陷于分裂之后的产物。让笔者疑问的是，为什么十八年后这案子才真相大白？难道从前的人与后来的人在智力上差别有这样大么？我无法回答。但克劳狄乌斯们，答尔丢夫们，还有"红桃7"们，他们确乎并不孤单。岂止他们，连观众都是配合无比的。那个年代的人们，不正是因为处于同样的梦境，才做到了如此这般轻浮的迷信的么。

七　疾病的魔幻现实

我确信这是个无法完成的结尾，不只是因为颠倒纷乱的思绪，和渐渐变得发散的语义。

这是 2020 年的立春日。大雪将我牢牢关在了家里，将我们牢牢关住的，当然还有另一个更厉害的角色，就是已蔓延至全国的"新冠病毒"。

我站在窗前，望着此刻窗外空荡荡的世界，还有飞舞着的雪花，觉得有一种强烈的不真实感。换句话说，也仿佛是在梦里。这个春日，无数人的面孔被一只只款式参差的口罩盖住了，无论是想念和笑容，冷漠还是愁苦，统统被隐藏在了一块纱布的背后。各种消息混合着真真假假的谎话与流言，给人的心里，也像是塞上了满是污垢和病毒的棉絮。

有人日夜坚守在危险的第一线，有人在病魔的威胁下慌张而无助，有人在病床上痛苦挣扎，有人千里单骑把家当一次性捐出；当然，也有人在忙着挖断道路，有人给有病患的人家封门，还有人正借机涨价发着不义之财……

这一切都发生在这片玻璃之外；玻璃之内，是一个如此虚惘的影子，和万千茫然无措的思绪。

忽然想起了没头没尾的两句诗，似乎它们可以帮我将眼前的一切暂时搁置：

开始的已经开始，结束的也将结束
哦，上天将会盘点那些人间的善恶

　　一幅图画如此地扎眼：它是瘟神——导致这场"新冠肺炎"的冠状病毒的造像。它有着标准且圆润的弧线，有绮丽乃至妖冶的颜色，不可思议的花纹，还有看上去十分规则的钉子似的芒刺……这小到肉眼难见的东西，正以洪荒之力搅乱我们的生活，颠覆着人间那些古老的规则与潜规则。在数十万倍的电子显微镜下，它仿佛是灾难之神潘多拉留给这世界的一个不祥的礼物。

　　我想起了普拉斯的诗中给罂粟的比喻，"这闪烁不定的""小小的地狱之火"，它也印证了我们俗世的谚语——艳丽之物，必有其毒。

　　难道它也像是如花的魔鬼，是精心化装过的妖物，是人性之恶、世界之病的造像，或是隐喻？

　　它确乎潜入了人类的身体，这是无可否认的事实。病毒学的常识告诉我们，它不是单独存在的个体，而是会寄生于我们的细胞之内，通过与我们身体里的某种蛋白和DNA的结合，来完成复制。

哦，这难道不是象征么？它与那些化装过的人性之丑、之恶的存在方式，不是同样的肌理么？所以老博尔赫斯说得对，"我们就是俄狄浦斯……"不，不只是俄狄浦斯，还是克劳狄乌斯，答尔丢夫，"红桃7"。我仿佛看到了这结伴而来的一支人马，在它们迤逦而行的末尾，也随行着博尔赫斯、刘学宝们和我们自己。

可是，远处也还有另一队人马，他们是奔向疫区救苦救难的英雄。此刻我感到，我们所标榜过的那些词语是多么虚伪，就像朋友在微信里说的，还没等我们把病毒检验清楚，病毒就早已检验出了人性中全部的问题。在那些向着疫区义无反顾的人们面前，一切漂亮的言辞，都如我们所寄居的这副皮囊一样，变得如此丑陋和不真实。我们唯一能做的，就是在质疑和叩问中，安放下我们这渺小的自己。毕竟我们只是偷生者，没有像《鼠疫》中的里厄医生那样，去沉着镇定地投入到拯救生命的义举；也没有像现实中的医生那样，去承担那悲伤和严峻的死。

一切都还在延续着那智慧老者，那预言家的诗意——

深邃而普遍的黑夜……
我又一次感到了那出自叔本华
与贝克莱的惊人预测，他宣称世界

是一个心灵的活动,灵魂的大梦一场

这是老博尔赫斯的另一首《拂晓》中的句子。是的,我们此刻也是处在这样的等待和不安的拂晓中。

春梦

六解

贾瑞之梦，抑或风月宝鉴

序：说梦记
宝玉之梦
克劳狄乌斯之梦
贾瑞之梦，抑或风月宝鉴
浮士德之梦
宋公明与黑旋风之梦
西门之梦
解梦后记

声色之娱，本电光石火……

倚翠偎红，不皆恍如春梦乎？

——纪昀《阅微草堂笔记》

一　镜子的起源

此时有人坐在桌前，阳光透过冬日的玻璃窗照进来，案几反射着耀眼的光芒，几乎让他睁不开眼。

睁不开就干脆闭着。他在想着，或许前世，也许是史前的此刻，也是这样一缕阳光，正照临一片水上。波光潋滟，亦澄澈如镜，时间漫漶无边。那个人——最好是一位美女子，她衣不蔽体，但正值青春年少，步履轻盈。她跳过一条平静如镜的小溪时，忽然看见了一副姣好的面容，她惊呆了，这个如此美丽的面容是谁，莫非是我吗？

哦，是的，"正是我"，她隐约意识到。随后，她招呼来她的同伴们，都来看这水中摇荡的花容，大家看着她，也彼此互相看着，咿咿呀呀，指指点点，仿佛在等她说出什么。她面颊羞红着，终于说出了"这是我"三个字。一万年后书中的镜花水月，镜中幻象，探其源头，大约便诞生自这一刻了。那时她忽然意识到，我与这另一个我之间，到底是什么关系呢？这个虚幻而真实、缥缈而又生动的我，是从哪里来，又何以成为我，这个如影随形的存在，为什么是我而不是别人？

从这一天起，她怀春了。有了关于自己和他人的想象，那些从未有过的追问，在无边际的旷野之上、天地之间弥散开来。她意识到，天地间有了一个独一无二的自己。经由这溪畔的倩影，一面属于神或造物的镜子，和一个同样具有创世意义的女娲，同时诞生了。"自我"和"他者"，"同类"和"族群"，一同诞生了；爱和情感，超越动物的情感，也因此诞生了。造物有了可供复制的蓝本，生命有了隐秘的回应，有了对生命和世界的认知与理解。人类或许就是从这个时刻，开始了所谓"文明"的历史，开始了美与发现以及创造的历史。《易》中所谓的"见龙在田，天下文明"，应该说的就是这一刻：阳光普照大地，大地上这不寻常的生灵有了人的自我意识，由此，这"光"才算是照出了"明"——明当然是明镜高悬的明，明澈如眸的明，明明白白的明。

当然，事情并未有如此简单。一切镜像所开启的，岂止是爱和美，它也开启了自审，危险的妒忌，对于丑陋的认识和嫌恶，以及对于人间三六九等的划定，有了自审中的扮演，以及乔张做致的争宠，装模作样的虚伪……

开篇猛不丁，说出这些话，看似有点不着四六，其实笔者丝毫也没有想抒情的意思。只是想，在漫长的时空中，须把叙述定焦于一个实而又虚的东西上：即一面"镜子"。作为古老的器物，它是由虚而实，由替代的水面，到作为实有之物，但作为哲学和存在的镜像，它则是由实到虚的衍生。说白了，在没有它之前的几万年中，人类的祖先只有借助一块摇漾不定的水面，来反照自己的面孔，获取"我是谁"这一根本问题的答案。而一旦有了这个奇异的反射之物，人类的思维便彻底脱离了一切原本的同类，而具有了哲学的境地、非其族类的气质和能力。

我一直在想，假如有一门考古之学，专门考一考镜子这玩意的历史，想必是很有意思的。这样想着，便有了发现，找见了这本《镜子的历史》（吴文忠译，中信出版社 2004 年版），作者是美国人马克·彭德格拉斯特。我急切翻开，发现他著作的开篇，竟然与我前面的这个开头不谋而合。不过，他是从一只猿猴开始的，我则是直接从人类的祖先开始的——也还是一样。

在静静的水池中，猴面包树似乎奇妙地倒长在水里。现在，他看见一个同伴在看着他，窝着手准备饮水。他是不是敌人？这个动物龇出了牙，水中的影子也龇牙咧嘴。他咆哮一声向他打出一拳，但是随着水花的溅起那个形象没有了。

他用手取水来喝,然后坐下思考眼前的这个场面。泛起的涟漪逐渐止住……这个动物皱起了眉,水中的影子也皱起了眉;他伸出舌头,两个人的表情一样;他们接触鼻子、露出牙齿、拽耳朵、眨眼睛,都是同时发生。他至少在一个层次上明白了,他们是一样的,然而他们又不同。

当人类从猿开始进化并开发了自我意识,这也许就是第一面镜子。

我发誓在写下开头的那些话之前,我绝对没有读到这一本书。而今天打开它才发现,一面镜子的诞生,原来是如此相似的一个过程。这位马克并非动物学或人类学家,而是一位新闻记者兼科学史家,所以也是以一种近乎文学的笔墨,来设想这一情景的。他认为,这一场景的出现,大约是在二十万年前。

彭德格拉斯特当然不是如笔者这般信口开河的,他的书中详细提供了这些数据:考古学家发现的第一枚人造镜子,是在卡塔胡于克(在土耳其的科尼亚附近)出土的,约产生于公元前6200年左右;稍后的是在埃及的艾尔巴达里发现的,可追溯到公元前4500年左右的透明石膏板材料的镜子;最早的青铜镜子发现于伊朗,约为公元前4000年时的物品;古埃及的镜子在公元前2100年之前一般由红铜所制,后来则用黄铜或金银制造。在古埃及的陵墓中,镜子是一个必备的要素。

很遗憾，书中并未提到中国最早的镜子。我查阅其他材料，也没有可以肯定的说法。但有一点是可以肯定的，现今出土的文物中，中国人在商代早已广泛使用青铜制造的镜子，不然怎么会有"殷鉴不远"之说呢。

我们的祖先在描述发明这一情景的时候，也是将之栽到了猴子身上。这故事源自佛家的《摩诃僧祇律》，其中有"水中捞月"的故事。一群古印度的或是本土的猕猴，他们最先注意到了另一只明晃晃的月亮，它耀眼地，微微摇漾地坐落在一口井中，宛如一枚神奇的宝物，于是成群结伙地去水里打捞。结果自然是不妙的，他们都掉进了水里。事实证明，我们的祖先是英明的，他们的观察和预感没错，现代科学已证明，灵长类是除了人，唯一能够通过辨别镜像而获取自我意识的动物。

所以，俗话没有说错，"人是从猴子变来的"，一旦它们能够朦胧地意识和理解到这井中月和水中花，当然也就成为了我们的祖先，成了张若虚、李白和苏东坡们的祖先。

二 一面形而上学的魔镜

假如这镜子的历史是大体客观的，那也就意味着，确乎有人比我们的祖先更早制作和使用了镜子。可是我们的祖先也不是吃素的，在这方面一旦开悟，那就不是闹着玩的。这不，一位旷世高人出现了。

明明是救苦救难的菩萨，他却硬要装扮显形为一位蓬头垢面的"跛足道人"。他拿着这面神通灵奇之物，递给了病榻上命悬一线的年轻人，告诉他，你之所得，乃是"邪思妄动"的"冤业之症"，非药可治，须将这面"风月宝鉴"作为警戒之物，看上三天方好。

是什么物件，有这等虚玄神秘？这老道来无踪去无影，翩然而至，自言此物乃是出自"太虚幻境空灵殿上"，由警幻仙子所制，有济世保生之功的"风月宝鉴"。带它到世间，是单与那些聪明俊杰、风雅王孙等看照，一般人不给他看的。但是，老道告诉他说，"千万不可照其正面，只能照背面"，且"要紧，要紧！三日后吾来收取，管叫你好了"。

看官，这病人得的是什么病？乃是相思之症。相思症，自然可以让人不思茶饭，病病恹恹，但终不至于丧命。然这鬼迷心窍的年轻人，却是在相思之上，又加了不健康的心理，患上了一种临床上叫作"滑遗"的病症。此病怎么得上的？自来是缘于妄想。那贾家旁系出身的贫家公子，不知出于何种心思，非要与那宁国府中炙手可热的琏二奶奶整上一腿。那王熙凤是何等人也，贾府上下的总管，大户人家的金枝玉叶，怎会看得上他这么一个没爹没娘的落魄货。更何况这贾瑞，也的确是一个没教养、不自量的家伙，两度路遇和拜访，都是唐突中透着轻佻，猴急中露着猥琐，怎不令人反感而生鄙夷？这更硬了王熙凤那颗原本就毒辣的心。因此上，这"相思"便有了"毒"，也便中了一个叫人难堪的"局"。先是被戏耍，在寒风中冻了一夜；后又遭捉弄，被当场抓了现行，立了字据，敲了钱财；之后又被一大盆屎尿当头泼下。按说这噩梦般的遭际，足可以惊醒他的执迷了，却不想几番摧折，并未让其幡然悔悟，反而是变本加厉，因执迷而受创伤，由创伤而难以自拔。到头来，把原先的那些不切实际的性幻想，一发变成了难以救药的"冤业之症"。

> 贾瑞……拿起"风月宝鉴"来，向反面一照，只见一个骷髅立在里面，唬得贾瑞连忙掩了，骂："道士混账，如何吓我！——我倒再照照正面是什么。"想着，又将正面一照，只见凤姐站在里面招手叫他。贾瑞心中一喜，荡悠悠的觉得进了镜子，与凤姐云雨一番，凤姐仍送他出来。到了床上，哎哟了一声，一睁眼，镜子从手里掉过来，仍是反面立着一个骷髅。贾瑞自觉汗津津的，底下已遗了一摊精。心中到底不足，又翻过正面来，只见凤姐还招手叫他，他又进去。如此三四次。到了这次，刚要出镜子来，只见两个人走来，拿铁锁把他套住，拉了就走。贾瑞叫道："让我拿了镜子再走。"——只说了这句，就再不能说话了。

本来是要救他一命的，谁料想他这"冤业"之深，已是此生难偿。非要看那正面，这正面是什么，自然是"色"，色为万象，也是肉身与欲念所托之形色；而那反面则是"空"，是肉身寂灭后的骷髅，是繁华背后的原初真相，渺渺大荒的方寸缩影。贾瑞哪里晓得这些！他只是一味地执迷形色的满足，故曲解了那镜中之相，偏执于正面的"色"，而忽视了道士刻意要提醒的那反面的"空"。遂执拗而沉湎于那一反复出现的"春梦"之镜像，由"意淫"而至于"思色欲不遂"，又至于"精色失位"，在不能自控的反复中丧了性命。

这道士也是，你要上课，就给人家子弟讲个明白，他那里一番云山雾罩的玄虚之辞，并未叫人家听得端详明白，怎禁得住那番真真切切的色相的诱惑？更何况，他这一番不要命的折腾，念想的就是与那千娇百媚的人儿，能有一番巫云楚雨，奈何照出一只狰狞的骷髅，教他如何能够接受。况且，这无意识中固执的"自我暗示"，在此地也没起好作用，越是担忧恐惧，越是无法自拔难以自制。但凡这自毁之人，照了哲学家雅斯贝斯的解释，都是有所谓"深渊性格"倾向的，任谁都是看不住的。当然，有那用在正事上的，便成为了了不起的大诗人，而用在这等邪念上的，便造就了贾瑞之流。

悲哉，哀哉。可怜贾瑞才刚刚成年，贫贱一生，便自己葬送了卿卿性命。这王熙凤确乎是心肝如铁，贾公子也端的可怜。

当然，如若再说到病本身，贾瑞所困，仍然是那"春梦"二字。

在镜中与凤姐的几番云雨，都是梦中之景的叠加和压缩，只是被雪芹先生充分地寓言化了。想必数字意义上的"如是者三"，该是死不了人的，但怎奈那是"哲学意义"上的"多"字，犹如"道生一，一生二，二生三，三生万物"，三即为多。要说这曹老师，不啻三百年前的先锋派，没有标签的"新小说家"，与卡夫卡、加缪辈比起来，又有何不同和逊色？

再便是这伟大的辩证法了。那"色"与"空"本身因果相连又一体两面，故变成了一面相依相克、相反相成的镜子。它所警示世人的是"空即是色，色即是空"。而世人所执迷的，无非是一个作为表象的"色"字，它看起来光鲜艳丽，有万千诱惑，欲壑难填，却不知"行止"。任何事物都是有限度的，过犹不及，物极必反，如月盈则亏，水满则溢。贾瑞同学正是不知这其中的道理，才葬送了大好青春。所以可怜那贾代儒老夫妇，见其孙子死于这般妖物，如何不哭骂不止，要架火烧那铜镜，便听那镜子里面也有哭喊之声："谁叫你们瞧正面了！你们自己以假为真，何苦来烧我？"正说着，那老道忽地现身，将那镜子抢在手中，飘然而去了。他这"以假为真"之说，看似有强词之嫌，实乃高人的警世之言，现身说法。奈何这德薄之人并不懂玄妙，不解苦心，却总于那急流之津、觉迷渡上，执念向前，又有何药可救？

看官，这面"风月宝鉴"对于《红楼梦》来说，其意义有多大？依在下看来，与第五回中的宝玉之梦相比，一点也不可低估。开卷第一回中作者便说，此书得传，始于那位"空空道人"。此公是"因空见色，由色生情，传情入色，自色悟空，遂改名情僧"，故又"改《石头记》为《情僧录》。东鲁孔梅溪题曰《风月宝鉴》。后因曹雪芹于悼红轩中，披阅十载，增删五次，纂成目录，分出章回，又题曰《金陵十二钗》，并题一绝。即此便是《石头记》的缘起"。这番话，听起来分明是障眼法，拐了许多弯子，迷惑了些傻白甜们，仿佛它真是飞来之物。细想不过是挂个幌子，借此与现实拉开距离，以避开可能的文字狱罢。且这种说法还可以于玄虚之中增些游戏之趣，又于戏言之中置其深意，何乐不为？假如用了时髦的舶来术语，这也可以叫作"元小说"策略。概念是美国人华莱士·马丁们的发明，但作为小说实践，在三百年前的曹公这儿，早已是家常便饭了。

但这都不重要，重要的是，"风月宝鉴"为解读全书提供了另一个隐喻的诀窍：它所说的"一世一劫"和"几世几劫"，都不外是"好"与"了"的循环，是舞榭歌台与陋室空堂的交替，是繁华之相与复归大荒的永世循环，这是一个"时间模型"；然若是将其锤扁，将这一时间叙事压缩为共时之物的话，那么其最佳的形相，便是一面叫作"风月宝鉴"的镜子了。一正一反，它将时序中色与空的亿万轮回，径直嵌进了一面薄薄的镜子，将那色与空，有和无，正题和反题，真相与幻影，繁华与大荒，美人与骷髅……集于一身，彰显于同一片刻，变成了一枚硬币的两个面。

因此上,这"风月宝鉴",某种意义上也即是"红楼一梦",是同一个意思的两种说法。孔梅溪老先生厉害,即便是换成此名,那也是极妥帖的。只是,前者是将其物化了,后者则干脆使这物性最终湮灭。

三 魔镜的各种版本

说了一堆玄理,有些无趣了,换个角度,会有些意思。有个瑞士人叫霭理士的,所著的《性心理学》(潘光旦译,三联书店1987年版)一书,是专门谈"性学"的著作。其中对于与性有关的"白日梦""性梦""影恋""物恋"等都有详尽讨论,而这与"风月宝鉴"有关的贾瑞之梦,似乎都可以搭上边的。瑞大爷之恋慕凤姐,犹影之随形,物之贴身,白日妄想,梦中意淫,无一处不在其谱上。不过,这些都属端着架子的理论探究,诸君若有兴趣,自可去参阅。我是偶从书中看到了译者潘光旦先生所作的注释中,竟有一样相似的故事,觉得有趣,也可以和瑞大爷的梦境作些比照,便转录在这里。

潘先生在给第三章"青年的性冲动"部分作注的时候,引述了清人陈其元的《庸闲斋笔记》(卷八)中所记的故事,说的是他于年轻时读书杭州,所听说的一件事。有一大户人家的女儿,不单长得貌美,更兼工于作诗,尤爱读《红楼梦》,不觉沉浸其间,以致成病。她的爹娘看着日夜忧心,一日,趁其不备,便将那书投入火中,意欲断其执迷。不想这小女子卧于床榻,"大哭不止,曰,奈何烧杀我宝玉,遂死"。杭州人将这事传为笑谈。但潘先生却认为这是一个白日梦的典范,说:"这位杭州女子是以林黛玉自任,而居之不移。"她所患之"痨症",也如黛玉所患之病一样,是"因抑制而发生的性心理的变态或病态"。这病与弗洛伊德治疗过的许多"癔症"病人,似也相差无几。身份的错乱与"恋物""恋影"之癖,使此女之死,犹如贾瑞之死的翻版。

其实这又何尝不是贾瑞之妄想痴心的病根儿。差别仅在于一个低俗猥琐;一个高雅冷艳;一个是迷于镜子,一个是痴于书籍,都是替代物或象征。正所谓不知今夕何夕,此生何人。杭州女之爱宝玉,以至于自认是黛玉之身,故恋其影,且又及其物,乃至于将这虚构之书也当作了命根子,书既毁,如何不死?

但这都属于负面的例子了,既属"风月宝鉴",讲的就是色空之幻,辩证之理。查先人那也有用得好的,对蒲先生多有微词的纪昀,便多此种例子。他的草堂笔记之《滦阳消夏录》卷一中,有载一位"宁波吴生"的故事。该生常于市井郊野间,狎昵来历不明的女子。有一狐女与之甚好,感情深笃。但这家伙并不满足,还常出入于青楼之间,寻芳猎艳。此女便好言相劝,说,官人,如此这般,还要坏你钱钞银两,就不要罢。你不就是希望有新鲜感,常变变人形,换换口味么,我可以满足你啊——

> 吾能幻化，凡君所眷，吾一见即可肖其貌。君一存想，应念而至，不逾于黄金买笑乎？试之，果顷刻换形，与真无二，遂不复外出。尝与狐女曰：眠花藉柳，实惬人心，惜是幻化，意中终隔一膜耳。狐女曰：不然，声色之娱，本电光石火，岂特吾肖某某为幻化，即彼某某亦幻化也。岂特某某为幻化，即妾亦幻化也。即千百年来名姬艳女皆幻化也。白杨绿草，黄土青山，何一非古来歌舞之场；握雨携云，与埋香葬玉，别鹤离鸾，一曲伸臂项耳，中间两美相合，或以时刻计，或以日计，或以月计，或以年计，终有诀别之期；及其诀别，则数十年而散，与片刻暂遇而散者，同一悬崖撒手，转瞬成空。倚翠偎红，不皆恍如春梦乎？

这番话，不亚于《红楼梦》里警幻仙子对宝玉的一番"诲淫"高论，堪称才情横溢，举隅生动，有说服力。吴生满足了其幻形之欲，却还嫌不够真切，不够"现实主义"，狐女便给他阐述这一道理。不只妾身变出来的是不真实的，你以为你花钱买的那些就是真实的吗？不但你买的那些不真实，连妾身也不真实。千百年来那些名声显赫的美女子们，皆属幻化之物也。看看这周围，草莽泥土间，哪一处不曾为歌舞场，男女间的恩爱欢合，无论有多少年月时长，终究都有离散之日。所有这一切，与春梦又有何异？

且慢，还没有完——她还说，即便你两个情深缱绻，聚首不离，可是毕竟那人有一天会老去,"朱颜不驻,白发已侵",即便人还是那一个,然模样早已不可同日而语,粉颊黛眉不存,皮囊已是老态,这本身不也是"幻化"吗?为什么单单认为妾身是装扮出来的,便不够"现实主义"?这吴公子听了,果然醒悟,后来过了几年,那狐女辞去,吴生再也不做偷鸡摸狗的事情了。

这故事亦好像是薄伽丘《十日谈》中的第五个,那个好色的法兰西皇帝,听说了蒙费拉特侯爵太太的美艳,便起了色心歹意,趁侯爵远使东征之际,不惜路途遥远,要来热那亚与侯爵夫人厮会。夫人见来者不善,且做派猥琐,便吩咐府上下人,尽用母鸡做出各色各样的菜肴来款待国王。这独眼龙腓力二世,一边垂涎着夫人的美色,一边吃得满嘴油光,只是看到不论煎炒烹炸,盘子里永远是母鸡。遂问夫人,这满桌菜肴,为何都是母鸡,难道就没有别的什么了吗?侯爵夫人机智地回答说,是啊,陛下,这也是想让您享受到不同的味道。但说句实在话,"女人也一样,就算在服装或者身份上有什么不同,其实跟别地方的女人还是一模一样的"。国王听此言,如被冰雪,满面羞惭,赶紧借故溜之大吉了。

此谓之"风月宝鉴的欧化版",当然是属正能量的例子。侯爵夫人用了与跛足道人相似的逻辑,来证明色相之虚妄实质。她讲得真切,国王也听得心焦,但没办法,腓力二世的悟性终究强于贾公子,从中找到了一番人世的教训,故逃之夭夭。

他是明智的，也保有了自尊。

四　照出"镜中的骷髅"

风月宝鉴的欧版可多了去了。比曹雪芹早将近两个世纪，德国最具哲人气质的伟大画家丢勒，也几乎画出了一面同样的"风月宝鉴图"。这幅画的名字叫作《青春、老年和死亡寓意画》，是一幅素描：画中一位年轻的裸体女性，手里拿着一枚凸面镜，一边梳理头发，一边自我欣赏着她优美的体态；而在她身后，则是一具骇人的骷髅，手里正拿着计时沙漏在瞧着她；在她的前面还坐着一位老头，正回过头看着她。

画的寓意不言自明。假如我们从曹雪芹的角度看，那显然就是正反两面的形象都集于一面了，跛足道人的角色也同时进入了画面之中。这仿佛是叙事文学中的"元叙事"，作者直接出现在虚构的小说之中，导致了作品效果的悬置，中断，或者敞开。

神奇吧？然而那位彭德格拉斯特，关于镜子的历史的杰出讲述者告诉我们，这幅画并非唯一，而是有可能得自他的学生，叫作汉斯·巴尔东的绘画的启发。巴尔东只比他的老师小十三岁，丢勒出生于 1471 年，巴尔东则是生于 1484 年。据说丢勒的这幅画是作于 1520 年，而早在 1509 年，年轻的巴尔东就画出了一幅令人震惊的作品，笔者在《镜子的历史》中见到了这幅无名的画作，立刻想给它起一个名字——叫作《死神手中的少女》。画中的少女正揽镜自照，却没有发现她方寸之间的身后，是一个僵尸形象的死神，正在悄悄将一枚沙漏放在她的头上。画面中，少女丰满温润洁净白皙的身体，和丑陋不堪骨架伶仃的死神，构成了强烈的对比。

与丢勒一样，巴尔东一生中的绘画，也一直显露着德国人特有的哲学意趣，喜欢透过镜子和死亡，来显现他对于生命与存在的思考。三十年后的1539年，巴尔东又画了一幅《镜中的骷髅》——也是笔者擅自给出的名字，是一个性感女郎在照一枚凸面镜，镜外的女孩丰满美丽，而镜中的形象则干脆就是一具骷髅。

这分明就是"德版的风月宝鉴"了。我确信在写《红楼梦》时的曹老师，绝无可能看到这些欧洲的艺术品，因为那时的传播条件，还不可能让他有机会受到欧洲文化的影响。而只能说是"所见略同"，他们在各自的孤岛上，发明了各自相似的玩具。

丢勒师徒的绘画，显然极大地推动了艺术中的幻象与哲学元素的浸润。彭德格拉斯特的书中记述了许多例子。他写道，1529年，一位名不见经传的卢卡斯·福特纳盖尔，画了一对中年夫妇，他们"双双握着一面凸面镜，镜子里显示他们的脸是骷髅"。

"我们以前看上去就是这个样子，"画上的题字是这样的，"然而，在镜子里，除了如此，别无他样。"为了将这一要点说得更明确些，在镜框上写着："了解你自己"。

对中年人来说，骷髅的图形，已然不再是那么陌生的东西，同"少女与死神"这样的命题相比，要平和多了。然这"除了如此，别无他样"，又多像是道士给贾公子的"不要看那一面"的建议。只是我们的祖先，将这一切坚持了"感性中的哲学认知"，即是以"春梦"的形式来予以解释的。换言之，道士的哲学理念，是通过感性且更为"逼真"的梦境寓言来实现其劝诱的，而不是一个干巴巴的直接的哲学建议。所以，若论艺术的意味和魅力，我还是更愿意认同雪芹先生，尽管我对欧洲人直接和精准的思维方式，也充满了复杂的敬意。

假如你要问，此时的欧洲人，为何偏喜欢用这样一种方式来表现他们对生命的理解，原因也很直接，彭德格拉斯特提醒了我们，那就是黑死病阴影的笼罩。在十四世纪中叶，欧洲爆发了第一次大规模的传染性鼠疫病——据说老鼠是来自中国的商船，也有说是由入侵的蒙古人传入，可惜这些都无从考证了，死亡人口高达二千五百万，是当时欧洲总人口的三分之一。受灾最为严重的地区，是薄伽丘所在的城市佛罗伦萨，人口十去七八。这一无法抗拒的灾难，后来被历史学家们认为是极大地推动了欧洲历史的进程。它一方面导致了社会心理中巨大的恐惧，另一方面就是摧毁了中世纪欧洲社会的信仰、秩序与文化，同时也预示着科学和进步的文艺复兴时代的到来。

唉，上哪儿说理去呵，历史竟然是这样一种运变逻辑！死亡催化了变革，灾难孕育了新生。某一天，我在偶然重新翻看《十日谈》的时候，忽然明白了这一点。最原始鲜活的历史，确乎是保存在文学之中的。薄伽丘在故事的开头，就写到了瘟疫的可怕景象：死亡笼罩了城市，瓦解了伦理，偷盗盛行，在末日的氛围中，男男女女们"日以继夜地尽情纵欢……甚至一时性来，闯入他人家宅，为所欲为"。而幸存下来的十位青年男女，却在乡间的一座城堡里，在那种莫名的轻松和欣悦中，开始了他们似乎"重返伊甸园"式的生活，并开始讲述他们各自喜欢的故事。

我原来一直未曾敏感，为何这年轻俊秀的"七女三男"的故事中，对于这铺天盖地的灾难，并未有呼天抢地的悲情，反而仿佛弥漫着一种无限的诙谐与快乐？正是缘于那坚硬的社会秩序的摧毁。被后代学者们所描述的"人文主义的曙光"，便是在这些偷情的、自由恋爱的、戏谑的或是世俗悲欢的故事中，悄悄透露了出来。

这大约就是一个社会的辩证法了——由生命和哲学的辩证法，进而抵达了道德与社会的辩证法，何等神奇的一个契机。仿佛一幅"反转的风月宝鉴"，死神也召唤着新生。没有这场巨大的灾难，令人窒息的中世纪文化可能还要持续几百年；而恐怖的黑死病，在吞噬了数千万鲜活生命的同时，却也开启了社会变革的伟大进程。

据说我们的祖先，也很早意识到了类似"照相机暗室的玄机"，彭德格拉斯特说，古代中国人可以"通过一个小孔射进暗室的光线，将外面世界的图像倒置着投放进来"。然而很可惜，我们的祖先并没有因此发明照相机，也没有发明望远镜，而是制作了各种形式的"照妖镜"。他们依然是哲学意义上的牛人，但在技术意义上却成了矮子。这么说可能有点儿片面了，我一直想，在"真实的器物"的意义上，我们的祖先是否有一面可以同时照到其反面的镜子？彭德格拉斯特认为是有的，他认为"中国古代的魔镜能够反射镜背的图案"，但这一断语不知有何根据，因为他并未出示真实的证据。

所以，丢勒在意大利学习了透视法，在回到纽伦堡之后，借助于镜像的启示，他和他的徒弟一起用了写实的方式，画出了死亡的幻觉，也画出了镜子里的自我肖像，而且还使这一主题又回到了意大利。比丢勒大十九岁的莱昂纳多·达·芬奇，便是借助镜子思考了更多的伟大的问题：比如凸面的和凹面的镜子的不同反射原理，镜子对物体反映的"左右反转"的原理，等等。这些追根溯源的种种冲动，在后代的持续努力下，将发现世界的各种"魔镜"制造了出来，由此诞生了现代意义上的天文学、光学、物理学和医学。

而我们的祖先，则以此发明了用于风水学、道学和政治学的"照妖镜"。它们被广泛地使用于家宅、寺庙和墓穴的建造中，用于辟邪、驱妖、规避不利的环境因素，也被用作言简意深的生命隐喻，广泛用于文学的修辞与小说的叙事。在某些历史时期，还可以成为"无产阶级的照妖镜"——成为对某些人一击致命的语言武器。

所以，是"求真"的西方人率先进入了现代以来的文明，而"求善"的我们的祖先，却丢失了那些可能的重要发明权。

五　贾瑞之病的临床看法

还是让我们再回到贾瑞的病症，既要学西方人的刨根究底，那么这病究竟该如何看？也是值得深究一番的。岂可因难言而讳疾？

清代名医程钟龄所著之《医学心悟》，其卷四之头篇即论此病，言"梦而遗者，谓之遗精；不梦而遗者，谓之精滑。大抵有梦者，由于相火之强；不梦者，由于心肾之虚"。这大概也应了前人所说的"有梦为心病，无梦为肾病"的医理分析。贾瑞虽属有梦而遗，但观其症，亦可以说兼而有之，心不摄肾，故致心肾皆竭。若是单单从"肾病"解释，那么快地一命呜呼，也是断难说得通的。所以书中言他乃"冤业"，为心魔；若换成西学中的说法，则是性学家霭理士的话，可以称为"邪孽"之症——这当然还是缘于译者潘光旦的趣味，他将霭理士的概念，给予了一个过分中国化的译法。不过两厢大都是接近的意思罢。

唉，也还是略略有点儿尴尬了，谈论此类话题，须得引经据典，黄口白牙的，不免让人觉得心里发飘。然则既为解梦，必须要有靠谱的理据,方解释得清楚,所以在下也便不避词句猥琐,硬着头皮聊下去。

弗氏在《梦的解析》一书中,毫不避讳地讨论了"遗精的梦的运作机制",对我们从医学的角度解开贾瑞之梦,应该有所帮助。他认为,肉体刺激对于此类梦境的形成,是有诱导和影响的,它致使梦境会公开展示其"愿望的达成"。刺激常常在象征的伪装之下,"在梦中与它斗争失败后把梦者弄醒",这就是大致的过程。在他看来似乎是说,该类梦境是做梦者的肉欲所驱动的无意识"一意孤行"的结果。在瑞公子的梦中,他显然也有悔意和恐惧,担心执迷会毁了自己,所以当他听见道士在外说话时,也如捣蒜般作揖叩头,央求"快叫菩萨来救我",却终未能自我管控。而之后,他在梦中与王熙凤交合的愿望也是达成了的,只在醒来时无比沮丧和后悔。如此矛盾的心结,反复的梦中交合,最终夺走了他那孱弱而又幼稚的三魂七魄。弗氏说:

> 遗精的梦的特殊性质不但使我们直接观察到一些被认为是典型,但无论如何却受到激烈议论的性的象征;并且使我们相信一些看来是纯洁无邪的梦中情况,不过是性景象的前奏曲罢了。通常,后者只有在较少见的遗精的梦中,才不经过伪装而直接呈现,其他时候,则变成焦虑的梦而使梦者惊醒。

这段无比缠绕的话,大约也反映了说话人的某种尴尬。因为叙述此种梦境，难免会有"自述"或"自我分析"的嫌疑，须得基于分析者类似的梦境经验。因此他也难免闪烁其词。如果我没有猜错的话，他的意思应该是说，此类梦境中自会有种种"不洁"，甚至"不伦"的景象——如同宝玉梦交可卿、贾瑞梦淫凤姐之类；但即便是那些看起来"纯洁"的梦，也只是"被过滤"的结果，最终依然会是与性有关。在弗氏看来，大多数梦境都是"伪装过的性梦"，所以变成了各种各样的象征，有时也演变为一个表达焦虑的梦境，使梦者惊醒过来。

那么如此说，道士的镜子也该是一个象征，只是曹老师刻意让其显形于梦境之外，成为了一个"外化的器物"。但从另一方面看，这当然也是一个梦中之物，或说是一半梦中、一半梦外的尤物。作为镜像，它也是色情梦的一个投影，色形其外，空为其内。然而为恐惧和欲望的混合物所支配的贾瑞，却无法迷途知返，而是堕入了一种类似"恶醉而强酒"的恶性循环——这一说法也是霭理士提出来的，厌恶醉酒的人，或实际上并不善饮的人，却偏偏要酗酒，便是此刻贾瑞的状态。

有个有趣的例子，可以辅助我们来理解贾瑞之病。对照《医学心悟》中的说法，"心之魔"与"肾之病"虽属两种类型，出自不同的病因，但却有内在的交织和会通。一个典型的例子就是清代的第十一位皇帝、几到末世的光绪。据说这位孱弱的少帝，从十六七岁即患上了"遗精之病"，到三十七岁死于砒霜中毒之时，病史已约略二十年。这一点，清史专家戴逸的文章《光绪之死》(《清史研究》2008年4期)

中说得很明确。他文中提到了一项专门的研究，即"国家清史纂修工程重大学术问题研究专项课题"，对"清光绪帝死因的研究报告"。这一报告中，详细记述和分析了对光绪的衣物与头发的化验结果，判断其死因为"砷中毒"，也就是常言所说的"砒霜中毒"。戴在文中说："研究人员将其与当代慢性砷化物中毒的人发砷进行了对比实验，结果显示，光绪帝头发上的最高含砷量，是慢性中毒患者最高含量的六十六倍。"很明显，光绪并没有死于贾瑞式的病症，若是贾瑞那样的死法，那他早死了上千回了。他最后死于砷中毒，反过来说明，贾瑞之死根本就是小说家言。

据说有一本专门记述宫廷皇家病史的书，叫作《病原》，戴逸的文中也提到了此书，可惜笔者无处查阅，故下面的说法，并不敢断言真伪，只当道听途说罢。光绪自言其"遗精之病将近二十年，前数年每月必发十数次，近数年每月不过二三次，且有无梦不举即自遗泄之时，冬天较甚。近数年遗泄较少者，并非渐愈，乃系肾经亏损太甚，无力发泄之故"。如若这番话属实，那么根据其中描述，这可怜的皇上的病，应是兼而有之的，"无梦不举即自遗泄"，意思自然是除了"有梦而泄"，还有"无梦而泄"了。至于晚近数年渐渐少了，那并非是由于病状减轻，而是因为过于亏虚而无物可泄了。

显然，撇去宫廷政治的原因，光绪之症类似贾瑞之病，应该是真实的。原因除了长期遭受太后的威压和虐待，也还有一个深层的原因，即帝王之家"遗传平衡"的法则的作用。这想法来得突然，仿佛是"灵感"所赐，我忽然看到了一位遗传学家，叫作哈迪·温伯格的说法。他认为："在一个足够大的种群中，如果个体间是自由交配的且没有明显的自然选择的话，我们往往近似地看作符合遗传平衡。"然而在帝王之家，生殖优先权是天然的，是无须竞争的单向选择，"率土之滨，莫非王臣"，所谓三宫六院、七十二嫔妃，皇帝想要多少女人，理论上就有多少；靠近他的男人，要把他们弄成无生育之力的阉人。所以他们的生殖，就变成了一个霸权的"单体扩散式"遗传。也就是说，一个皇帝会有数十乃至百个以上的儿子。据说号称皇叔的刘备，其祖上的中山靖王刘胜居然有一百二十个儿子，女儿则不计其数。如果真的有一个"遗传学假说"可以成立的话，那么我认为这个假说应该就是——在"单体扩散式遗传"之后的一种生殖力的自然衰减。

　　说白了，在先祖享有了近乎无限的生殖权之后，其后裔就会出现明显的衰退迹象。这不是诅咒，或许就是规律，就像苏童的《妻妾成群》中那位飞浦公子所说的，"我们陈家世代好色，到我这一代不行了"，他对异性只剩下了一点点兴趣，却没有一点点能力。这大概就是很多王朝到末代帝王那里，必然会出现孱弱之身，更兼懦弱人格的一种原因罢。

　　很明显呵，假如刘备真是"中山靖王之后，今上之皇叔"的话，那么他的先祖确乎是已严重地"透支"了其家族世系的生殖能力。所以任凭刘玄德在几房妻子间奔忙，最终也只有一个弱智的刘禅，来继承其所谓的大统。以宿命之说，是应了那"汉室衰微，上天不佑"的解释，而若是按照生殖平衡的原理，那么这就是一个最合理的解释了。

光绪帝三十七岁死亡时，身后确未有一男半女。

六　前科学时代的"照妖镜"

1895 年，一个叫作威廉·康拉德·伦琴的德国人发现了 X 光，并在 1901 年成为了诺贝尔物理学奖的首位获奖者。这是个伟大的事件，从此医学进入了真正意义上的现代，当然也意味着"镜子的历史"的又一划时代转折。因为"风月宝鉴"从此不再是一个纯粹的哲学和抽象之物，在此一光束的照射下，再美的女神也将显形为一具骨架和骷髅。某种意义上，"X 光机"便是一面科学化了的"风月宝鉴"了。

瞧瞧，这是足以值得中国人骄傲的，因为它证实了我们古老的假设不只是哲学的，还有"科幻"的意味。在《西游记》中，孙猴子早已借助太上老君的炼丹炉，给自己炼就了一副"火眼金睛"，他可以见人之所未见，透视妖怪的幻化之术，使之现出原形。他本身就是一枚"活的照妖镜"，肉身做成的"风月宝鉴"。可惜正如严复在《原强》中所说的，我们总是有"先人发其端"，而"后人未能竟其绪"的毛病，没有把好的开始，变为穷究真理的科学成果，所以这人类历史上的伟大发现，没有属于我们。

当然，我们也可以说，这不是因为我们不够聪明，而是自夫子那会儿就说了，"君子不器"。何为"不器"，就是不想被工具化、功利化。从现代哲学的意义上看，这仍是对的，可相当于是"对现代性的反思"了。夫子还解释说："形而上者为之道，形而下者为之器。"道乃哲学和根本，君子只匹配这等高级的事儿，而不屑于做具体的器具和物化的工作。

够骄傲吧。你当然也可以说，这就是过于刚愎自大和不接地气了，难道君子就不能在形而上高蹈的同时，也来点形而下的发明？有了"道"的意义上的"风月宝鉴"，就不能再整一个"器"的意义上的"X光机"；在有了"庖丁解牛"的牛×经验的同时，便不肯再发明一台省时省力的牛肉加工机出来？唉，他偏不。

遗憾太多，不说也罢。咱还是尝试扬长避短，说一说自个儿的优点。比《红楼梦》更早，在明代的吴承恩先生笔下，以如炬目光透视人体，已早有许多精彩呈现。第二十七回"尸魔三戏唐三藏，圣僧恨逐美猴王"中，肉身之眼与猴王之眼所见，正如"色"与"空"字之差别。圣僧固然贵于德行，却尚未成佛，不能识破妖魔幻形；而悟空虽离佛更远，却因原本为"魔"，且受真火炼化，而有了"照妖镜"般的眼睛。那白骨修成的妖魅，如说是"因空见色"亦未尝不可，它要吸取人体之元气，来助其恢复人形，见到东土来的这细皮嫩肉的俊俏和尚，如何不动恶念？

它于是就"停下阴风，在那山凹里，摇身一变，变做个月貌花容的女儿"，说不尽那眉清目秀，齿白唇红，左手提着一个青纱兜儿，右手提着一个绿瓷瓶儿，从西向东，径直奔向唐僧。这一番情景就不细说了，自是柳眉杏眼，玉笋轻摇，更兼冰肌玉骨，粉面酥胸，真个是"半放海棠笼晓日，才开芍药弄春晴"。这整个儿不就是那"风月宝鉴"中的两个面：一面是白骨之化，妖魅幻形；一面是那镜中之月与水中之花么。猪二哥见了，自然喜不自胜，"急抽身，跑了个猪癫风，报与三藏"。这三藏只道是荒山野岭，杳无人烟之处，哪里来的如花似玉年轻女子，初时也不信，可怎经得起妖言之惑，眼睁睁要就范。偏巧此时悟空已摘桃回山，识得是妖精所化，举棒便打。

片刻间，那师徒几人也变作了与瑞大爷不相上下的蠢物，开始迷惑于那个无中生有的"色"字。唐僧只是糊涂，八戒则更兼龌龊；为师的还有几分清醒，可怎奈这好色的猪头在一个劲儿胡搅蛮缠。需他桌面讲理之时，便哼哼唧唧，不要他插嘴时，又喋喋不休，还有一套很难对付的歪理。说什么，这女子本是送饭下田的农妇，只被猴哥作怪，"失手"将其打死，只怕师父念那紧箍咒，又故意使个障眼法，将人家罐子里的食物变成了虫豸之物。这分明就是十分的栽赃了。他这呆子，不只因为这一"色"字而一向误事，更兼色迷心窍，信口开河编瞎话。

当然我们也可以不计较，因为在作者那里，八戒就是这么一讨厌的玩意。好玩的是，吴承恩的幽默是不失时机的，他将悟空和唐僧之间的对话，安排得如此风趣：

> 三藏道："你这猴头……这女菩萨有此善心，将这饭要斋我等，你怎么说他是个妖精？"行者笑道："师父，你那里认得！老孙在水帘洞里做妖魔时，若想人肉吃，便是这等。或变金银，或变庄台，或变醉人，或变女色。有那等痴心的，爱上我，我就迷他到洞里，尽意随心，或蒸或煮受用；吃不了，还要晒干了防天阴哩！师父，我若来迟，你定入他套子，遭他毒手！"那唐僧那里肯信，只说是个好人。行者道："师父，我知道你了，你见他那等容貌，必然动了凡心。若果有此意，叫八戒伐几棵树来，沙僧寻些草来，我做木匠，就在这里搭个窝铺，你与他圆房成事，我们大家散了，却不是件事业？何必又跋涉，取甚经去！"那长老原是个软善的人，那里吃得他这句言语，羞得个光头彻耳通红。

这也应了前面三藏与妖怪的一番啰里啰嗦的对话，有的没的，一番教化的套话。他那里大约也不敢说见了那"妖里妖气"的小女子，就没一点儿心中摇荡。所以他故作威严地教训悟空时，徒儿便使坏故意打趣师父，用了些臊人的话来"撩"他。

而且关键是，悟空所见之"空"，还是在"饱经色之后的空"，"吃人"也好，阅色也罢，都是他当年的家常便饭。悟空之善并非本然之善，而是作为"魔头"之改恶从善，所以比之三藏师徒几人，他对于善才看得更清楚，也更辩证。唯其如此，他所悟出的"空"字，也才有真正的说服力。因了这一点，悟空这面肉身做的镜子，在小说中才让人觉得是有质感的、有洞察力的和客观的。

客观有多重要？你一面冷冰冰的镜子，见人就能照出妖物，是不是也算"至察而无友"？悟空偏不这么干，他时常犯懒，也爱任性撒娇，时不时要回他的花果山，或者就只管拿些不三不四的话来，惹师父生气，逗八戒难堪。但这面镜子，还是"如明镜儿一般"，随时可以拿来用上，将那大小妖怪的装扮，尽行扒光，现出原形。

说到这儿，便禁不住要说几句闲话。这师徒几人，如果让弗洛伊德看到，也定然会写出另一部大书，因为他们充分证实了他的人格理论，"超我""自我"和"本我"，这三部分的比例的多少，构成了几个人物的差别。唐僧大概已经只剩下了"超我"，他绝除了欲念，删除了"本我"，压抑着"自我"，面对诱惑有时只会有一丁点儿犹豫；猪八戒生为猪形，是强调了他"本我"的强大，在笔者看，他该是隐喻了人身上的"猪性"，他的"自我"是非常弱小的，而"超我"——也就是佛性，则几乎为零；悟空有相似的一面，即"魔性"——也就是"作为本我的猴性",拒绝规训的原始本能很强,但他有非常健全的"自我",也有很强的"超我"冲动;至于沙僧,便比较模糊或平庸,大概只有一个"自我"比较显著,其他两项都很含糊。

"色"字在八戒身上,如同在贾瑞梦里一般,一样饥不择食,情急而嘈切,又每每面目可憎、举止猥琐。好处只因他的身边有个大和尚不断调教,又有个悟空时而威吓,便不致犯不可饶恕的错误。

我暗自数了一下,这《西游记》中描写贪恋或者觊觎三藏身体的妖女或俗女的笔墨,不少于十来处。最精彩的,大约要数五十四回中女儿国之女王的描写,很像是一个重情的花痴;而下一回中对蝎子精的描写,又整个儿是一副女流氓的嘴脸。总之各有千秋,我只为弗氏感到遗憾,如若他能够读到此书,岂不又多了一堆绝妙的剖析案例?

七 简版的美学镜子史

到此,这镜子的故事差不多就讲完了,结论大概也已有了,那就是,虽然西人制造了远比中国人复杂的镜子,但在哲学的理解方面,一直是我们自信地走在前面的。直到一个人出现——这个人就是雨果。他在 1827 年,也就是曹雪芹写出了《红楼梦》半个世纪之后,发表了这样一番高论:

> 近代的诗神……以高瞻远瞩的目光来看事物。她会感到，万物中的一切并非都是合乎人情的美，她会发觉，丑就在美的旁边，畸形靠近着优美，丑怪藏在崇高的背后，美与恶并存，光明与黑暗相共。

这是不是"欧版哲学的风月宝鉴"？雨果在他的浪漫主义宣言《克伦威尔·序》中，说出了与《金瓶梅》《红楼梦》中同样精彩的话语。丑和美是生长于一体，无法分割的，这与色和空之间的依存关系，是何其相似。而且实践这美学观点的小说《巴黎圣母院》，其中人物的美丑交集与善恶混杂，最后的凄美结局（最丑的敲钟人与最美的吉卜赛女郎，他们在死后化为了郊外墓穴中的枯骨时，紧紧抱在了一起。"当人们试图将他们分开的时候，他们立刻倒了下去，化为了灰尘。"），不正是一个"雨果版的春梦故事"么。

又过了一百多年，在南美的阿根廷，那位眼神不济的大诗人博尔赫斯，也在他的名作《镜子》中，将这一切都化为了他诗中的"历史"。他从一面月光下的镜子开始，写到了倒映着天空与飞鸟的水面，有着大理石和玫瑰的反影的桌面，卧室里记录着一切又即刻将秘密删除净尽的镜子，还有上帝以他自己为蓝本，却以"反影"的形式勾画出的人间世界的致幻景致……他几乎是用诗的形式写了一部彭氏的镜子史。请注意，他的诗中一个达·芬奇式的核心主题或关键词，就是"反转"。上帝以反影创造了世界，弑兄篡位的克劳狄乌斯在梦中将自己装扮成一个好人，卧室里的主人公以镜子搜寻那些消失殆尽的隐秘记忆，水面上倒映着碧蓝的天空和"左右相反"的飞鸟。

在哲学上，西人终于超过了我们。我们赖以骄傲的叙事中的"风月宝鉴"，也如那些珍贵的文物一样，流失到欧美人的手中了。

但又过了几十年，一切仿佛又转回来了。在一位中国诗人的笔下，出现了一座巨大的哲学性的镜子：一座矗立在大海边的创造光明、知识和真理的"玻璃工厂"。砂石，一切粗糙和原始的东西，在经由烈火和燃烧之后，变为了澄明之物，"劳动是其中最黑的部分"。他书写了玻璃的诞生，但更是以此诠释了真理、语言和诗的诞生过程，它们都是无中生有之物，都是由晦暗而直抵光明。

然而在欧阳江河的诗歌中，似乎又少了一点混沌或晦暗的东西——对类似"春梦"或是色情之谜的停留，或是些许的犹疑。他是位杰出的智性诗人，以思想见长，我不能苛责，但与曹雪芹的镜子比起来，又似乎因为"过于现代"而变得只剩下明晰了，那原始的、妖气的、魔性的和神奇的成分失散了。

幸好还有一个张枣，这个恃才而早夭的诗人，稍稍补充了欧阳江河诗歌中被剔除的东西，是什么呢，一种说不清楚的元素。他不像前者那样肯定地说出,如同恺撒一样,"我来了,我看见……",而是以一个灵魂出窍或者魂不守舍的梦游人;一个当世的柳永、贾宝玉,或是南唐后主;一个不知今夕何夕、此生何人的家伙,在说出梦呓般的话语。他的这首《镜中》在他死后,几乎已被趋之若鹜的世人戳烂了——

  只要想起一生中后悔的事

  梅花便落了下来

  比如看她游泳到河的另一岸

  比如登上一株松木梯子

  危险的事固然美丽

  不如看她骑马归来

  面颊温暖

  羞惭。低下头,回答着皇帝

  一面镜子永远等候她

  让她坐到镜中常坐的地方

  望着窗外,只要想起一生中后悔的事

  梅花便落满了南山

  他说了什么?仿佛什么都说了,又仿佛什么都没有说。"一面镜子永远等候她",就够了,人世的幻境,必须以镜子的方式待在那儿,一切都无须解释。仿佛李商隐的某一刻,"此情可待成追忆,只是当时已惘然";或是东坡的"人似秋鸿来有信,事如春梦了无痕";"色"尚在,但已"空";此刻的有,与永世的无之间,只有一个"梅花落"般的追悔莫及。为何悔?因为有停不下也抓不住的每一刻,这就是命本身。生命中的死亡不是突然出现的,空也不是,它们时时都在。

还要说什么呢?似乎语言已经没有什么用,我只希望在结束之前,能够有机会展示一下鄙人的这首《风月宝鉴》。它写于数年前,并非是为今天所作,可恰巧可以为今天的文字作结——

这世界最绝妙的反讽,它有互悖的两个镜子

美丑同体,对立,正反间有奇妙的
沉瀣一气。最重要的仍是她的身体,肉与骨
生和死,诱人与可怖,逗引和拒斥
都是如此的紧密,紧致。囚禁于一块
细脆的玻璃,或是一片薄薄的青铜
与有毒的水银之中,哦——瞧——

她出来了：带着妖娆的鬼魅与烟气
　　招摇着细如凝脂的手势，随风撒着迷魂散
　　不经意，还要掩饰着她叮当作响的白骨
　　声音里带着让人魂飞魄散的娇颤
　　镜像翻转，长指甲划开春色荡漾的涟漪
　　呵，什么在反面轻扣，有水银洒了一地

　　一面失明的镜子，最终收回于枯井之中

论智慧显然远不及欧阳，要说感性又必追不上张枣，为什么还要拿出来丢人现眼，这就是人性的弱点了。我只是想表明，某种意义上，我们也都是贾瑞，都有可笑可恨、可怜可悲之处，这是没办法的事。我们要尽行体味这人世的困顿和大限，不要嘲笑他。

八　雪与镜的互为幻像

此文行将结束的时候，突然降了一场大雪。

那雪在夜里纷纷扬扬，无声无息，似乎很久未曾光临，又似乎是一直在下着。笔者并没有抒情的意思，而是说这雪所给人带来的幻觉。要不《红楼梦》里说，"到头来，落了片白茫茫大地真干净"，他说的这白茫茫，必是说雪地的样子。童年见雪即兴奋，如今不觉早已荒疏于中年之末，为何也会兴奋？

早上还在赖床，便听见那铲雪之声。闭着眼，不肯睁开，眼前出现了那白茫茫原始的幻觉，那是创世之前，也是末世之后，还会有循环么？或许有。那宝玉被两个出世的僧道，一左一右裹挟着走出人世的时候，也是一片白茫茫。这应了那十二支曲子词的尾声《飞鸟各投林》中，"好一似食尽鸟投林，落了片白茫茫大地真干净"的景致，亦仿佛多年前在冬日的故乡，或是北海道式的异乡所见。

……那天乍寒，下雪，泊在一个清静去处。贾政打发众人上岸投帖辞谢朋友，总说即刻开船，都不敢劳动。船上只留一个小厮伺候，自己在船中写家书，先要打发人起早到家。写到宝玉的事，便停笔。抬头忽见船头上微微的雪影里面一个人，光着头，赤着脚，身上披着一领大红猩猩毡的斗篷，向贾政倒身下拜。贾政尚未认清，急忙出船，欲待扶住问他是谁。那人已拜了四拜，站起来打了个问讯。贾政才要还揖，迎面一看，不是别人，却是宝玉。贾政吃一大惊，忙问道："可是宝玉么？"那人只不言语，似喜似悲。贾政又问道："你若是宝玉，如何这样打扮，跑到这里来？"宝玉未及回言，只见船头上来了两人，一僧一道，夹住宝玉道："俗缘已毕,还不快走。"说着,三个人飘然登岸而去。贾政不顾地滑,疾忙来赶,见那三人在前,那里赶得上?只听得他们三人口中不知是那个作歌曰:

我所居兮青埂之峰,我所游兮鸿蒙太空。
谁与我逝兮,吾谁与从?渺渺茫茫兮,归彼大荒!

贾政一面听着,一面赶去,转过一小坡,倏然不见。贾政已赶得心虚气喘,惊疑不定。回过头来,见自己的小厮也随后赶来,贾政问道:"你看见方才那三个人么?"小厮道:"看见的。奴才为老爷追赶,故也赶来。后来只见老爷,不见那三个人了。"贾政还欲前走,只见白茫茫一片旷野,并无一人。

可知这白茫茫一片,却不正是一面大荒中的镜子么,镜花水月,一片幻境。

那贾政可知是在白日梦中,他所见既像是现实,又像是在梦里,总之竟是生命之绝境中不可抗拒的别离。悲只悲在,不是少年人送老年人,而是白发人送黑发人;不是功成名就德行昭彰的寿终正寝,而是四大皆空无根无念的孤家出离。

听见嚓嚓的除雪声,此刻床上的懒汉故意闭着眼,就不起身。一片朝霞冷冷地升自天地之间。他听着，感到那渐渐平静的雪后的大地，先是变成了一面辽阔的镜面，而后又融解为一片迷蒙的水汽，直到完全消失寂灭于风中。

春梦
六解

浮士德之梦

序·说梦记
宝玉之梦
克劳狄乌斯之梦
贾瑞之梦，抑或风月宝鉴
浮士德之梦
宋公明与黑旋风之梦
西门之梦
解梦后记

该隐……跟谁结婚呢？他的妹妹，跟他的妹妹结婚行吗？行！那时候是被允许的。

　　　　　　——亨德里克·威廉·房龙：《圣经故事》

一　从"洋爬灰"开始

舞会即将结束的时候，忽然一阵骚动，众人从先前的节奏中停了下来。这时聚光灯照向大厅通往二楼的楼梯，兴奋的人们自动分成两列，让开了一条通道。

美国女孩盛装出现在灯光里。她身着一袭白裙，长发绾起，露出颀长的脖颈，款款地从楼梯上下来，刻意控制的节奏显示着她的高傲。

她之所以等到这一刻下来，一方面是因为她根本就不想参加这舞会。之前她一直独自一人在房间落泪，她预感到，这里她是不能再待下去了，她随时准备撤离这个与她格格不入的家庭。但最终，她还是决定要参加，不但要参加，还要大放异彩，照亮这乡巴佬聚集的英国乡村之夜。于是就有了刚才这一幕。

而且正是时候，不然怎么能有真正的高潮呢。作为准女主人的她，出现在众人视线里的时候，确属鹤立鸡群。她看上去冷艳而性感十足，高傲而又得体。那时她的心里一定在想，只要她还在这里，主角儿就不可能是别人。

她迈着优雅而淡定的步子，来到乐池边，告诉他们，请来一支探戈。

她要跳一曲探戈！这对于乡间的英国佬们来说，不啻为一种炫耀，一种挑衅。她的目光扫过众人，希望看到她的丈夫，半个月前与她一起从美国归来的英俊小伙。但他拒绝了，当众拒绝。要知道，这可是一个大尴尬，在他的家里，他作为儿子，作为新婚的丈夫，当着亲友和众乡邻的面，拒绝了做客的妻子的邀请。

人们看到女孩眼里闪着祈求，暗示，但都没用，丈夫的拒绝坚定而冷酷。这表明他们确乎已走到了尽头。

常态下，人们会看到一个女人委屈而受伤地跑了出去，流着泪，令人唏嘘地走出众人的视线。然而这是拉莉塔，是所向无敌的美国女赛车手。她从丈夫那里收回目光，以比先前加倍的冷峻扫视着众人。她并没有走开，她要在现场找寻另一个舞伴。

一个小混混过来了，他觊觎女生的美貌，垂涎她的风度气质久矣。他向她伸出了手。但这种货色明显不是她的菜，她趁势把手里的酒杯塞给了他，用一种连她自己都没有想到的方式拒绝了他。

她再次环视众人，这次是用了鄙夷的挑衅方式。她向后撩了一下长裙下的脚跟，意思是，怎么，你们中真的没有人敢于——且配得上——和我跳这一支探戈的吗？看来确乎没有，在这个场合中，没有人能够配得上与她勾肩搭背。

然而就在此时，她的公爹，她丈夫的父亲，那个忧郁的、同样与这个家庭格格不入的中年大叔站了出来。一直邋遢随意、穿着一如车行修理工的老维克特，在这一刻向她伸出了手。今晚他简直换了一个人，胡子刮得干干净净，一身得体的晚礼服，雪白的花式衬衣，风度翩翩的一位标准型男，简直帅极酷毙了。

这是最佳的结果，男主人向着自己的儿媳妇伸出了援手，免除了她的尴尬。

……

啊哈，让我停下这番不免心驰神往的笔墨，换成老老实实的叙述罢。故事并未完结，精彩还在后面。老维克特和他的儿媳，当着他们的家人、乡党邻里，跳了一曲优雅而又让人心旌摇荡的探戈。他们的步履先是在柔和的旋律中互相适应了一下，紧接着，人们就看到了那渐趋融洽和热烈的舞步；儿媳先用脚尖将公爹的左脚拨向一边，然后再将她那漂亮的长腿插入到公爹的胯下，而这时她的腹沟股已几乎触到了他的敏感部位；然后，他们在一个个分离又回归的姿势中，不时将他们的身体紧紧撞击和贴合在一起；他们旋转着，面颊也公然触碰着，贴紧着，这时她的手臂已经在充满深情地抚着那男人的肩部；他们彼此交换着心领神会的目光，在分离动作给予了他们互相审视的距离的时候，男人的冷峻深沉中似深藏着柔情，女人的回眸里则闪现着摄人魂魄的笑容。最后，结束的动作是标准的，公爹用右臂侧面夹着女生，而挂在公爹脖子上的她则轻巧地从右侧滑移至胸前，最终一个合抱，并将腿完全搭到了男士的胯上，一个充满暗示和给人想象的高光时刻。

　　完美。别忘了，在这一过程中，镜头多次给到落寞的、充满隐隐愤怒的儿子和丈夫的面部，小维克特在阴影中的那张脸。

　　曲子在袅袅余音中结束，公爹目送着儿媳款步走出了舞场。同时响起的，当然还有婆婆和两个白痴小姑子的怒骂，当然是不带脏字的——她们没有像我们在同族同胞中所常见的那样，冲上去做撕咬或怒扁小三之类的规定动作，只是婆婆的嘴里在大声嚷嚷着，啊哈，真是堪比布宜诺斯艾利斯的妓院！

　　接下来的事情，打死你都不敢相信。作为中国人的伦理忌惮，到这儿似乎已如释重负了，但下一幕才是真正的挑战。拉莉塔终于在骂声里走出了这个家，但当她奋力推倒了门厅角落里的维纳斯雕像，以表示对这家人之虚伪和狭隘的鄙夷，然后跳上了她的时尚跑车的时候，她的公爹老维克特竟然也坐了上去。

故事到这儿就算结束了。想必你已经看懂,这预示着一个可能的"洋爬灰"的故事。儿媳和儿子谈不到一处,公爹倒是和年轻女人结成了同盟,他们最终共同抛弃了这个虚伪的家庭。结尾留给人们很多想象,他们有可能开始了另一段荡人心魄的恋情,也可能什么也没有发生——你当然可以设想,他们只是一起离开了此地而已。但即便如此,这对于我们中国人的伦理观来说,也足以构成一个挑战,乃至挑衅了。

这是据说作为"烂片"的英国电影《水性杨花》中最关键的一组镜头。导演大概在把握电影的格调时稍稍有些犹豫,到底是一个伦理性的"喜剧片",还是一个刻意给世俗趣味一记耳光的艺术片,作者没有把握得很好。故事大意想必各位已经听懂:美国女孩与英国男生匆促相爱,闪婚之后他们一起来到男生在英国乡间的家里,本想有一番新婚的甜蜜和亲情的抚慰,却因为这里浓厚的保守传统而陷于尴尬。男生的家庭是一个畸形的结构,母亲保守而强势,父亲颓废而懒于家事。他曾经参加第一次世界大战,战争中的牺牲和阴影给了他沉默而阴郁的性情,他厌恶这个庸常之家,但是也只是在寂寞和"边缘化"中隐忍。美国女孩的到来,激发了他一直压抑的心绪,相似的受压抑被挤兑的处境,也让他们有了某种共同的语言,他们由互相同情进而产生了认同,甚至逾越雷池的可能。

二　乱伦的叙事豁免权

叙述至此，读者可能已经忍受不住会问，你究竟想说什么。是的，我也难以总结我此刻的心情。我是想说，作为一个中国人，一个有着固有伦理底线的观众，我从这部电影中所经受的一个伦理的挑战和拷问。我想说，在这一绝不符合中国式伦理的故事中，我的同情心和"略嫌轻薄"的审美观，居然僭越了规矩，实现了与这对不伦男女的沆瀣一气。

难道你没有吗？你会愤怒地站起来，大声地斥责谁，或者拂袖而去么？你不会。你大概也有着某种会心的愉悦，甚至会怀着某种暧昧的飘飘然，仿佛是你与女主人公一起离开了那座房子，仿佛那诱人的意外是刚刚发生在你们身上。那时，或许结尾的音乐还回荡在人声驳杂的空气里，而你和我，我们，在走出影院大门的一刻，仍有些许怅然和不甘，想知道后面究竟会发生什么，是否老家伙和前儿媳会走到一起。当然，一分钟后我们就又回到了现实，回到了各自坚不可摧的世俗与伦常之中。

这是一个奇妙的转换。在这电影中，每个人都仿佛是经历了一个梦，一个"机械复制时代的春梦"。梦中我们逾越了一切，如同实现了一场私密的约会，与主人公一起经历了一场生命中"僭越的偷欢"，并与陌生人一起结成了"美学上的同盟",一同挑战了现实中的诸般戒律,放荡不羁了一次。然后,才再度回到世俗的拘囿之中,完成那个早已习惯的穿越与置换。

这中间的启示大概是,"艺术中的伦理"与"现实中的伦理",确乎不是一个画等号的关系。而为何艺术中的伦理总要突破现实中的伦理,且能够获得读者或观众的谅解乃至认同呢?这就是一个复杂的问题了,要说清楚,可没那么容易。

讲道理是没有多大用的,艺术更多的时候并不是那么讲道理的。这老维克特和儿媳一同出走,在中国人看来,是犯了一个大忌。在《红楼梦》里,这种关系是被称作"爬灰",用了稍微隐晦和书面的说法,还有更不堪的一个词——是叫作"聚麀之诮"。"诮"自然是是非口舌之诮,"聚麀"之说出自《礼记·曲礼上》:"夫唯禽兽无礼,故父子聚麀。"原文说:"鹦鹉能言,不离飞鸟;猩猩能言,不离禽兽。今人而无礼,虽能言,不亦禽兽之心乎?夫唯禽兽无礼,故父子聚麀。是故圣人作,为礼以教人。使人以有礼,知自别于禽兽。"东汉郑玄的解释可谓直接:"聚,犹共也;鹿牝曰麀。"显然,"聚麀"之说,程度更甚,直指乱伦也。然而,问题就在于,既为不伦,为什么这事还发生在秦可卿这样的人身上,而且不只与贾珍这等苟且之人有关,与同为叔侄关系的宝玉也有干系?因为刨除了"红学"中种种人设的迷障,傻子也能看出,作者对此二人是爱惜有加的。宝玉自不必说,本身就是作者的影子，曹老师必不会把屎盆子往自个儿头上扣；可卿就更是作者所痴迷和珍爱的女子了，将她作为宝玉人生中的"第一次"，自然有深意存焉。问题是，你会因此反感可卿么，会因此对宝玉有成见么？不会，你非但不会，还有可能心有戚戚，对宝玉那原不可告人的"意淫"鬼胎，抱着不愿明说的认同。

这就说明，前述的那个定律，不只适用于西洋，也同样适用于本土。亦即说，中国人小说中的伦理，也一样可以突破现实中的伦理，一样具有神奇的"道德豁免权"。

这就来到了正题。"文学中的道德豁免权"，这可是个敏感而有意思的问题。古往今来，人们从不会原谅现实中的不伦，却每每可以宽宥文学中的犯忌，就像原谅"梦中的冒犯"一样。这究竟是为什么呢？

有人曾专门研究了英国文学中的乱伦母题，从古希腊的神话，一直到希伯来的《圣经》，在梳理了乱伦的古老历史之后，列举了英国文学中从中世纪的《亚瑟王》到莎翁的戏剧，到王尔德的小说，再到当代的劳伦斯，他们的作品中充斥着的各种各样的乱伦。但没有人会指斥英国文学是肮脏的文学，英国作家是道德堕落的作家。

当然，这只是一个例子，法国文学、德国文学、俄罗斯文学和日本文学又何尝不是？更多的例子我们后面再说。先从源头说起，在西方两个大的古代文化传统，古希腊和希伯来两个神话与传说的谱系中，类似的例子可谓源源不绝。在古希腊最早的作家赫西俄德的《神谱》中，希腊创世神话中的血缘世系，就几乎是一个乱伦的谱系：第一位神王是乌拉诺斯，也即天空之神，他是地母盖亚的长子和丈夫；他们结合生下了十二个提坦巨神，其中最小的克洛诺斯后来弑父而成为第二任神王；他又娶了自己的姐妹瑞亚，生下了第三位神王宙斯；宙斯也是通过弑父之举获得了最高权力，他又娶了自己的姐姐赫拉，生下了众多形形色色的神祇。当然，与宙斯处于平行关系的那些神祇之间的婚姻关系，也一样是混乱的。在《圣经》和希伯来神话中，最早的婚姻关系也同样充满暧昧性。耶和华神先造了亚当，又从亚当身上剔下一根肋骨造了夏娃——这隐约也意味着亚当和夏娃之间类似"父女"的关系；然后他们结合，生下了该隐和约伯，后来该隐出于妒忌而把弟弟约伯杀了；之后该隐逃到了远方，并且娶了他的妹妹……

或许人们是用了某种无意识，来理解这些诸神世系的，并没有太认真。何况也知道，最早的叙事必定是"从一到多"，有世系编制的困难在，但这确乎只是一个原因。更深层的心理或许是，在"神的世系"或"虚构的叙事"之中，会有与世俗伦理不一样的"特权"。这确乎是后来文学中大量不伦关系之描写的祖宗，"上梁不正下梁歪"，有了先例，后世的文学叙事自然也更多放胆为之。

顺便说一句，中国古代亦有类似的传说，比如汉代时人们即普遍认为，伏羲与女娲本为兄妹，兄妹交合生出百代万民。汉代出土的画像石与帛书中多有此类形象。当然，吾族为礼仪之邦，伦理禁忌尤多，虽在现实中，尤其是宫廷秘帷之中亦多有弑父杀兄、欺娘奸妹的种种丑事，但在文学叙事之中还是讲究教化风俗的，不似西方这茹毛饮血的化外之民。

然而，若只是说出于"虚构的特权"，大概还不够有说服力。要想有足够的理由，还需要再搬出老弗洛伊德。弗氏在他的《梦的解析》的第五章"典型的梦"一节中，不只是从两部古典悲剧的解释里提炼出了"俄狄浦斯情结"这一主题，他还用了很大的篇幅，来论证人在童年成长中复杂的乱伦冲动。"一般而言，童年时'性'的选择爱好引起了儿子视父亲、女儿视母亲有如情敌，而唯有除去他（她），他们才能遂其所欲。"这些长成后被压抑到了无意识之中的想法，是不是就自然地出现在"文学叙事"之中，成为了一种替代式的宣泄？

笔者一直在想，这大约就是虚构本有的"代偿功能"，如同梦境一样。"愿望的达成"可以是在梦中，当然也可以是在虚构的文学叙事里。老弗洛伊德的确居功至伟，他以牺牲个人的虚伪体面为代价，说出了巨大而无形的真理。那些不伦的叙事，往往包含着深埋于人类文明之中的人性本相，以及黑暗的无意识冲动。他说：

> 由古代流传下来的神话、民间小说等均使我们不难发现许多发人深省的有关父亲霸道专权、擅用其权的轶闻。克洛诺斯吞噬其子，就像野猪吞噬小猪一样；宙斯将其父亲"阉割"而取代其

位,在古代家庭里,父亲越是残暴,他的儿子必越与其发生敌对现象,并且更巴不得其父早日归天。甚至在我们中产阶级的家庭里,父亲也由于不让儿子做自由选择,或反对他的志愿而酝酿了父子之间的敌意。

要想一直引经据典的话,类似的论断可就太长了。让我们先打住,后面再慢慢说。

三 "苹果之梦"的隐喻

问题似乎渐渐清晰起来了。艺术,或者文学,是从最古老的时期,就已获得了一种"豁免",它们受命可以在世俗伦理的规限之外,以虚构或隐喻的形式,表达出那些在世俗中非法或僭越道德的东西,而不会招致责罚。它们以此可以使人不断从艺术或文学的叙述中,重返原始的乐园。

或许这就是"失乐园",或"复乐园"的隐约含义?那两只树上的苹果,给予了两个纯洁而懵懂的人以羞涩和自我意识,让他们的身体互相吸引,从而损坏了上帝的戒律。从此他们遭到上天的惩罚,受到人世的同情,也有了人间的一切苦厄。但这是命定,不会因为教训而改变,所以同样的冲动还会有,同样的错误还会犯,不断返回原始的道路虽早已湮没于荆棘，但在文学和艺术中，在梦里，还会不断变着花样重现。

自然，这出现常会以改头换面的方式，这是"道德豁免"的重要条件。须行化装，方可露面，老弗洛伊德对这一点非常清楚。他认为即使是梦中的情景，也多是属于"象征"，人的无意识、欲望、对伦常的冒犯，所采取的都是乔装改扮的策略。而这，同样是文学和艺术得以被准许僭越的原由。只是，作为"解梦"的分析，常常不得不把方法格式化了，诸如"凸起"之物都是男性的象征，"凹陷"之物都是女人的隐喻之类。这些既属常识，又有悖常识，我们就不去争论了。只能说，从总体上，弗氏的说法是可靠的、启示性的，而个别和具体的观点是可以讨论的。

言归正传，我将举出歌德《浮士德》中的这个例子。举凡爱文学的人，没人不承认它是有史以来最经典的伟大诗篇，这也无需讨论。我要说的是，这部"用诗写成的戏剧"，或"用戏剧写成的诗"，其中有很多是对人性中魔鬼一面的展示。尽管老歌德的习惯是概念化，但伟大的西方文学传统加持了他，他那博学而刻意的驳杂化，尤其是魔鬼角色的驱动，使得这部巨著绝不枯燥。而随着年纪的增加，我越来越觉出了它的伟大，浮士德与梅菲斯特之间的对话，特别是通过"魔酒"而产生的角色互换，更使人确信老歌德对人性理解之深广，之老辣。

我惊讶的是弗洛伊德这样的"知音"，他居然从浮士德的话语中读出了古老的"乱伦之梦"——虽说有点勉强,但鉴于问题的提出逻辑,我不得不承认,他并非恶意"构陷",也不属单纯的强词,所以也借来作为此文的"题眼"。这多像是走钢丝一般的举动,可是如此危险且具有冒犯性的话题,恰恰适合用这一轻描淡写的例子,来作为药引子。

明眼人都看出来了,弗氏一生至伟的贡献之一,是突破了道德的禁区,将对人性的认识,直抵无意识世界的黑暗。然而,就在他试图弄清人性中某些最微妙的东西,诸如"俄狄浦斯情结"之类的时候,他遇到的,其实是"实证"的难题。要知道,历史上那些僭越人伦的人事,其实并不适合做论证的案例,因为不可能有僭越者会留下灵魂的自剖,所以他也无法深入真实人物的内心;同时,他也不可能拿自我来作为分析的佐证。于是我们便看到了一个灵光乍现的"文学批评家",他不断地引述文学作品,来分析他面对的最艰巨的难题。像他对《哈姆雷特》的分析,对《俄狄浦斯王》的分析,对于都德的小说《萨福》以及歌德《浮士德》的分析,还有对于安徒生、米开朗琪罗和许许多多作家的分析,都给人至为深刻的印象。

《浮士德》中的这一段,是写到浮士德在饮下了"魔酒"之后,怀着蓬勃的欲望,与梅菲斯特一起来到布罗肯山,参加恶魔举行的每年一度的"夜会"。其实我们也可以设想,这就是古希腊的狄奥尼索斯之夜,是酒神节上的狂饮烂醉与歌舞狂欢,是尼采《悲剧的诞生》

中所神往和盛赞的那一激情时刻,也是普通人所能想象的任何意义上的"嘉年华会"。此时,两对男女正在跳舞,浮士德怀抱的是"美丽的魔女",梅菲斯特搂着的则是丑了一点的"老魔女",他们一边舞着,一边在进行着挑逗性的对话,浮士德说:

> 从前我做过一个美梦,
> 一棵苹果树出现在梦中,
> 两个美丽的苹果亮光光,
> 我被它吸引,爬到树上。

这诗句似乎并无什么刻意的亵渎之意,也符合"博士"的身份,但很明显这是暗语,有此刻怀中的所指,魔女胸前那两个肉球,正如硕大的苹果在晃来晃去。所以魔女的回答也是迎合式的,并将"暗示"转为了"明示":"苹果是你们欢喜的东西,从乐园以来早就如此。我真觉得非常高兴,我的园中也有它生长。"很显然,若说浮士德是"略有轻薄"的话,那么魔女的回答已属赤裸裸,就差立马宽衣解带了。而我们再看梅菲斯特与老魔女之间的对话,那就属淫语连篇,十二分的不堪了。梅菲斯特说:"从前我做过一个恶梦,裂开的树出现在梦中,它有一个很大的洞眼,虽然很大,我也喜欢。"老魔女则答道:"我向你致以衷心的敬礼,你这长着马蹄的骑士,你要准备一个塞子,如果大洞眼你不嫌弃。"长马蹄是说魔鬼有一只脚是马蹄状的,"露马脚"的。他们之间的对话,明显已属于下流。原文中"塞子""洞眼"之类的敏感字眼儿,都是以隐讳符号来替代的,只是在注释里才予以说明。在下是不惧粗俗,直接将隐字作了还原。

还需要评论么,只能说好玩罢。老歌德的叙事,轻松滑过了这魔鬼之夜,然而弗氏却将之大加发挥。他将浮士德的话语,引入了他浓墨重彩的人性勘察的轨道,将之作为了人物之童年记忆中不伦意识的佐证。当然,他同时引证的还有其他的作品,也并无避讳其借题发挥的意思。他说:

> "苹果树"与"苹果"的意义,我想是殆无疑问的。那女伶丰满诱人的胸部,正是使我们这位梦者神魂颠倒的"苹果"。
>
> 由梦的内容看来,我们可以确信,这梦含有梦者小孩时期的某一种印象。果真这种说法正确的话,那么这必是针对梦者的妈妈而言。妈妈柔软的胸部事实上就等于孩子最好安眠的"旅馆"。……

前一段所讲的,乃是"苹果"作为乳房或性的隐喻,它在诗歌中的出现,是基于在古老传说中的暗喻,也是基于梦境中常见的象征;后一段讲的,则是男孩童年时期所暗藏的,对母爱的暧昧记忆。因此,老弗洛伊德确信，在浮士德讲述的梦境背后，有古老的"恋母情结"的无意识在其中。

四 "亨伯特式"的特权

无论如何幻形，象征也好，隐喻也罢，文学叙述中总是包含了对道德的冒犯，敏感的情节或故事。在精神分析学家的论述中，它们被细化为种种，这让我们原本很简单"纯洁的读法"，变得因幼稚和浅薄而不好意思。所以没办法不认真对待，做一番深思和细究。

前面所说，叙事中的不伦故事，大概主要是两种，一种比较明晰，且至为敏感，是在血亲间的不伦，类似俄狄浦斯的那种；另一种则比较暧昧，是在伦理亲缘意义上的僭越。开篇所引的电影《水性杨花》中的故事，还有《红楼梦》中宝玉与可卿（替身）的梦交，都是属于后者。在弗洛伊德的"引申"之下，类似哈姆雷特的犹疑，"浮士德的梦"，也都庶几近之地成为了乱伦的无意识。

但笔者的心思，并不是重复论证弗氏理论的正确，而是要追问我们自己，作为读者对于文学中类似叙事的宽宥，究竟有何心理基础。须知，人性中的黑暗和动物性，一万年也不会剔除净尽，再不堪的丑事，现实中也皆有例证。但在现实中我们不会对此抱以宽忍。眼下之一例，就至为典型，且正于微信中刷屏：一位做企业高管的鲍姓男子，因为被指与其收养的女儿发生性关系，而闹得舆论哗然。年龄相差二十九岁的女孩坚称男子与她是养父女的关系，她从十四岁就遭到了男子的侵犯；而男子则矢口否认他与女孩是父女关系，所以他们即使发生性关系，也并无违法之处。事情还在调查中，是非曲直尚未清楚，但舆论早已一边倒，铺天盖地的唾沫，差不多已把那"禽兽"淹死。

但如果换一个情境又会怎样？因为这案例，庶几就是纳博科夫的小说名作《洛丽塔》的现实版。世界上竟有这般巧合！在小说中，男主人公亨伯特也是有着强烈的"恋童癖"，他将"小妖精"的年龄定义为九至十四岁。他爱上了女房东十二岁的女儿洛丽塔，并且为了接近女孩，而不惜先与女孩的母亲结婚。他虚与委蛇的态度很快引发了妻子的不满，但不久她却死于一次意外的车祸。随后他有了单独与继女洛丽塔相处的机会，在旅行中，他处心积虑想诱奸女孩，并且用了麻醉药物来使她就范。但不想最终却是女孩主动引诱了他，随后，他们开始了长达数年的乱伦关系。他用金钱、衣服和食物来控制女孩，希望这种日子能够一直延续下去，直到有一天女孩长大，对这种乱伦关系忽然表达了反感。

> 我坚持要证明我现在不是、从来也不是、将来也不可能是一个兽性恶棍。我偷行过的那个温和朦胧的境地是诗人的遗产——不是罪犯潜巡的地狱。如果我够到了我的目标，我的狂热就会全

部化作柔情,是一种即使她清醒时也感觉不到其热力的内心燃烧。但是我仍然希望她能渐渐陷入彻底的昏迷,这样我便可以体味更多,而不仅仅是她的晶莹。因此在趋向靠近当中,因为混乱的感觉将她变形为月光透下的眼状斑点或是覆满松软茸草、鲜花盛开的灌木,我于是梦见我重获知觉,梦见我躺卧在期待中。

这是亨伯特自述的,那具有"过剩"意味的叙事中,在将要向十二岁的少女"伸出魔爪"的一刻,他的心理活动。某种意义上,他和现实中的那位鲍姓高管相比,实在没有丝毫更特殊的理由,也更无任何"高尚"的情愫,但你作为读者,会对他给予谴责么?

你不会。仿佛他不是在施以乱伦,仿佛他变态的爱欲中,有什么情有可原的理由,你会以津津有味的态度,观赏着这小说史上的奇葩叙述,去理解其中主人公那极尽饱和的,甚至有着某种"抒情"意味的,自曝灵魂式的叙事。当然,他后来成为了死刑犯,但他坐牢的缘由并非是因为性侵了幼女,而是因为出于妒忌而打死了洛丽塔后来的男友。

鲍姓高管有这样自我灵魂申辩的机会吗?没有。人们会从"人性的复杂性"出发,而对他有所理解、同情和宽宥么?更不会。

如此,我们就可以尝试回到更早的先前,那个可怕诅咒的出处,古希腊伟大的戏剧家索福克勒斯的悲剧《俄狄浦斯王》。如果不是弗洛伊德的分析,我们大约只能依照先前的说法,认为是"命运的悲剧",

但弗氏拨开迷雾，唤醒梦中之人，让我们看到了这幕戏背后的东西。他说，俄狄浦斯的"命运之所以感动我们，是因为我们自己的命运也是同样的可怜，因为在我们尚未出生以前，神谕也已将最毒的诅咒加于我们一生了。很可能，我们早就注定第一个性冲动的对象是自己的母亲，而第一个仇恨暴力的对象却是自己的父亲，同时我们的梦也使我们相信这种说法"。弗洛伊德仿佛也受到了这戏剧语言的裹挟，也用起了充满抒情意味的话语：

> 俄狄浦斯王杀父娶母就是一种愿望的达成——我们童年时期的愿望的达成。但我们比他幸运的是，我们并未变成心理症，而能成功地将对母亲的性冲动渐次收回，并且渐渐忘掉对父亲的嫉妒心……一旦文学家由于人性的探究而发掘出俄狄浦斯的罪恶时，他使我们看到了内在的自我，而发觉尽管又受到压抑，这些愿望仍旧存在于心底。

瞧瞧，一部文学作品，竟然成为了心理分析的材料来源，但在他这儿确乎如此。我确信如果没有《俄狄浦斯王》和《哈姆雷特》两部伟大的戏剧，他很难将这一至为复杂的问题说清楚。而两部戏所提供的巨大的心理场，却使他轻而易举地、形象而生动地诠释出了他深渊般的发现。

请注意，我这里强调的是，这幕戏本身所敞开的一个世界——俄狄浦斯的命运与心灵的忏悔室与庇护所，使他不再单独裸露于道德审判的法庭之下；而戏剧中的人物则通过他的台词，他的独白，还有旁系人物的辩护、佐证和宽释，使他由一个罪犯变成了一个悲剧英雄；而剧情本身则重新梳理了罪行的来龙去脉，以"反抗命运"和"神的诅咒"而重新建构起了人物的行为逻辑：不是俄狄浦斯自己要这样做，而是神逼着、瞒着、骗着他这样做，弑父娶母只是他在竭尽全力反抗失败之后的结果。

在现实中，我们会给犯罪者以这样的机会么？

在即将得知弑父者的真凶即是俄狄浦斯之时，他的母亲，也是他的妻子，已与他生下了两男两女的伊俄卡斯忒，如此劝慰他："现在，别再把这件事放在心上了。"俄："难道我不该害怕玷污我母亲的床榻吗？"伊："偶然控制着我们，未来的事又看不清楚，我们为什么惧怕呢？最好尽可能随随便便地生活。别害怕你会玷污你母亲的婚姻；许多人曾在梦中娶过母亲；但是那些不以为意的人却安乐地生活。"伊俄卡斯忒试图将俄狄浦斯的现实混淆于他的"梦中"，提示他可以将之当作梦一样不予深究。正是通过这些话语，俄狄浦斯的罪错，在一步步的软化中，在"甩锅"神祇诅咒的同时，获得了神奇的转化。加之最后他以激烈的方式，以刺瞎自己的双眼，将自己流放作为"罪己"的忏悔，更使他彻底获得了道德与道义的赦免。

五 "爬灰"与"烝淫"的东方版本

《诗经·邶风》中有《新台》一首,据说是讥刺"卫宣公筑台纳媳"的。原诗如此:"新台有泚,河水弥弥。燕婉之求,籧篨不鲜。新台有洒,河水浼浼。燕婉之求,籧篨不殄。鱼网之设,鸿则离之。燕婉之求,得此戚施。"果如是说,那么吾国文学中的"乱伦叙事",也算是起源极早了。此诗略作翻译,大意应是这般:"新台如此华美,更闻河水滔滔。本欲嫁个郎君,岂料换个蛤蟆。"复沓部分恕我不重复了,"戚施"即蟾蜍,北地俗称"癞蛤蟆";"籧篨"是指古代钟鼓器物下面的兽形支架,样子大约也像蛤蟆,都是丑物。

此事最具文学性的记载,是出于冯梦龙的《东周列国志》。此书所记,是将《左传》《史记》,还有后世的各种野史材料攒于一起,将春秋战国时期的诸国逸事,以史笔与小说的杂拌混合的形式行世。

> 却说卫宣公名晋,为人淫纵不检。自为公子时,与其父庄公之妾名夷姜者私通,生下一子,寄养于民间,取名曰急子。宣公即位之日,元配邢妃无宠。只有夷姜得幸,如同夫妇。就许立急子为嗣,属之于右公子职。时急子长成,已一十六岁,为之聘齐僖公长女。使者返国,宣公闻齐女有绝世之姿,心贪其色,而难

于启口。乃构名匠筑高台于淇河之上，朱栏华栋，重宫复室，极其华丽，名曰新台。先以聘宋为名，遣开急子。然后使左公子泄如齐，迎姜氏径至新台，自己纳之，是为宣姜。

此乃是第十二回《卫宣公筑台纳媳，高渠弥乘间易君》中的开头一段。真是见过不要脸的，没见过这么不要脸的。这沐猴而冠的卫宣公究竟不是东西到什么程度？做公子时，就偷父亲的小妾夷姜，乱伦生下了公子急子（又名为伋）；待上位后，乃不顾廉耻偏宠夷姜，出入如夫妇一般。也着急立急子为继承人；等到后来急子长成，要娶媳妇时，老东西又听说所聘的齐国公主宣姜貌美如花，便差人径直将新人娶到了自己专建的别墅里。写到这儿，冯公也按捺不住出来骂人了："籧篨、戚施，皆丑恶之貌，以喻宣公。言姜氏本求佳偶，不意乃配此丑恶也。后人读史至此，言齐僖公二女，长宣姜，次文姜；宣姜淫于舅，文姜淫于兄；人伦天理，至此灭绝矣！"

连齐国宫廷一块骂了。后来的故事便长了，争说天道轮回，宿孽有报，这卫宣公先是忤逆于父，后又不尊于子，上有"聚麀"，下有"爬灰"，与本来的儿媳宣姜，生下了公子寿和公子朔，又急于将天下和身家交与小老婆，便又密谋除掉公子急。未料公子寿天性仁厚，为救苦命的异母哥哥，甘愿搭上了自己的性命。因为朔与其母宣姜设下的圈套，公子急和公子寿双双殒命于"莘野"荒郊的行船上，致使宣公这般禽兽之人亦如五雷轰顶，闻之悲伤而死。之后公子朔上位，是为年幼的卫惠公，才十五岁。就在其攻伐邻邦参与会盟之时，两位庶出的公子泄与公子职，趁机与大臣密谋，另立了急子的弟弟公子黔牟即位，将宣姜贬入另册。卫惠公得知消息后急切逃往齐国，得到舅舅齐襄公的庇护。齐乃"千乘之国"，影响力大，所以尽管卫国那边都厌恶宣姜，但迫于其娘家的势力，还是部分地保住了她的利益。十年后，齐襄公又帮助外甥打回了卫国，恢复了国君地位，黔牟落败，只好出逃至周。

说到这齐襄公，没法不多费唾沫。与卫宣公比，他可是有过之而无不及，他不只兄妹乱伦，与早已嫁给鲁君的异母妹妹文姜有染，后来还干脆趁人来访之际谋杀了妹夫鲁桓公。在帮助外甥夺回卫国的君位之后，他又威逼利诱卫国人安顿好他的妹妹宣姜，迫使公子伯昭，也就是卫宣公的另一庶出，被谋害的公子急子的弟弟，同实际上的后母宣姜成了夫妻，"烝宣姜而生男女五人"，可谓又一度乱伦也。

这齐襄公的丑闻，在《诗经·齐风·敝笱》中亦有讥刺："敝笱在梁，其鱼唯唯。齐子归止，其从如水。"意思是，破鱼篓摆在泥堰上，只是装装样子罢，那鱼儿在水中往来自由着呢！瞧瞧，人家齐国的公主归来啦，随从的车马浩浩荡荡，与河里的水可有一比。这话翻得再直接和形象点，也就仨字，"你懂得"哦。

冯氏小说家讲到此处，亦忍不住表达愤怒，指斥道："子妇如何攘作妻，子烝庶母报非迟；夷姜生子宣姜继，家法源流未足奇。"好个"家法源流"，实在是沆瀣父子，上梁不正下梁歪啊。不只这段，还有一节，是在夷姜"投缳（上吊）而死"之时，他也骂人了。这夷姜失宠之后，屡被宣姜及其儿子诬告欺侮，满腔怨愤无处可诉，遂以死抗议。此时冯氏也憋不住跳了出来："父妾如何与子通？聚麀传笑卫淫风，夷姜此日投缳晚，何似当初守节终。"言这夷姜死得迟了，既有今日，何不早先即以死恪守妇道贞节？

似乎骂得也对，只是稍显苛刻了点。毕竟小说家充当道学家，难免陈词滥调，反显得没意思了。

顺便说一句，前面这个"烝"字，《尔雅》说"冬祭曰烝"；《说文》中解释是"火气上行"之意，同"蒸"。后引申为僭越乱伦之意，即"娶父辈或兄长的妻妾"，有"烝淫""烝报""烝弑""烝乱"等引申之词。如克劳狄乌斯之弑兄娶嫂，按靠谱的说法，即是"烝弑"加"烝淫"了。

看官，恕我把一段称得上精彩繁复的故事，缩略得过于干瘪无趣了。无法，诸君若不甘心，可去查读原作。之所以罗列这些，乃是出于私下里的一点虚荣罢，言下之意，别人有的，咱也未曾或缺。只是这番描写，虽有文学笔墨，但终究还属"演义正史"的德行，最终不得不以道义伦理占据了上风。实在说，这番曲折的笔墨中，包含了多少人情冷暖,世态炎凉,又有多少恩怨轮回与爱恨情仇。虽说这冯氏也称得上是小说大家,其中描写亦堪为精细淋漓,但若细究,岂能说没有粗陋和遗憾?因为他尚不曾将人物的爱恨与境遇,作正面的处理,不曾深入到人物的命运之中去展开它们,所以单从文学的角度,确乎是有些靡费了。若放在老莎士比亚那里,又不知多出几部不朽的悲剧或历史剧来。可惜了,在本可尽现人性深渊的绝佳素材面前,这"冉翁"梦龙先生,还是处置得有点过于简陋了。

不过也无需自卑,不到两百年后,到了曹雪芹这里,我们就可以不再怨叹了。因为曹老师之可以与莎翁并称,在吾曹看来,那便是他们都直面了人物的灵魂与内心,正视了人性的复杂,面对了人物的命运与深渊性格。照理这并非必然,因为这不是中国小说乃至文学的"显性传统"。如果说在索福克勒斯那里,这种正面朝向人物内心黑暗的书写,是参与缔造了希腊文学的伟大传统的话,那么一直到明代中国小说的繁盛之时,我们还未看到这种真正超越了伦理的文学笔致。尽管我们已有了世情小说的巨制《金瓶梅》,有了"三言"与"二拍",但如布鲁姆所说的,那种作为"心灵的对话或秘密"的"正典"式的作品,除了诗歌之外,还庶几未有。

哦,说着说着大话就出来了。我还是就事论事罢,免得惹方家耻笑。《红楼梦》之所以忽然超出了吾国文学的传统规限,大约是因为它没有屈从于道德家的戒律,而真正直面了人性的全部秘密,将生命经验和世俗经验的全部堂奥尽行暴露。因此方能与莎翁这样的伟大作家比肩而立。

至于宝玉与可卿之间的事，也就不再重复前言了。单从小说的角度看，正是宝玉涉嫌"爬灰"的这个梦，挽救了秦可卿这个角色。否则，对于她薄命红颜的一生来说，就只剩下与贾珍之流的"聚麀之诮"、诽谤之辞了。只因为宝玉对她的这番特殊情意，她方能进入读者的正面视野，也让人多了几分爱恋与哀怜。反过来，对于宝玉而言，有了她，有了这番不可告人也"难以尽述"的隐情，他的内心世界才忽现出了哈姆雷特式的复杂和幽深。

六　魔鬼的近亲与豁免

当浮士德于布罗肯山的夜会上与魔女以"述梦"来调情之际，我忽然意识到，这《浮士德》中的魔鬼梅菲斯特，与《红楼梦》中的警幻仙子，不就是同一个角色的两个不同的身体么？除了性别不同，就承担的功能而言，庶几完全一样啊。警幻仙子可谓是集"色与戒"、圣母与撒旦于一体的角色，仿佛她就是那"亚当的前妻"，专事诱惑男人的那位"莉莉特"(Lilith)。她以宝玉的人生导师自居，其呵护与教育的身份犹似圣母，而诱惑与"诲淫"的身份，则直如魔鬼。

瞧，这曹老师虽然没机会接触到西洋的文化，但就思维而言，佛教里"色与空"的这套理论，和歌德在《浮士德》里所要诠释的思想，还是有十分的相通之处。

这梅菲斯特之于浮士德也是一样，他让他经历了一切欲望的幻象，有关人性的一切可能，生命的一切处境。若换成警幻仙子的话说，也是"先以情欲声色等事警其痴顽"，待"领略仙闺幻境之风光"后，再彻底"改悟前情，留意于孔孟之间，委身于经济之道"。梅菲斯特所给予的诱惑，说到底，是在浮士德终成正果之前，叫他体验到生命的一切可能。所以，当浮士德搂着"美丽的魔女"翩翩起舞之时，我眼前映出的梅菲斯特也没闲着，他怀里搂着的不是骷髅女鬼，而是同样妖娆美艳的警幻仙子，他们是天生的一对儿。没有他的作祟，浮士德的人生已了无生趣，甚至早就自杀了，他最后的灵魂得救，那仪式也不会有如此这般的盛大。

借助混乱和黑暗的背景，老歌德为我们呈现了一个欲望驱遣的世界，这和曹公造设的繁华幻境，骨子里是一样的。坦率地说，歌德真正大放异彩的地方，就是梅菲斯特出现之时。他那滔滔不绝的诗句，一旦述志说理，便叫人昏昏欲睡；而一旦与魔鬼相逢，便生发出了奇迹般的活脱和葳蕤。某种意义上也可以说，上帝和圣母拯救了浮士德，而梅菲斯特却挽救了诗人歌德。多年来，每读一遍《浮士德》，我对人性的理解都会加深那么一点点。

显然，是要"道德的过滤"，还是要人性与生命的深度？这是关于文学的一个最特别的命题。若说有真谛或三昧，那这真谛在歌德和曹雪芹看来，怕不是对善的褒扬，而是在于对恶的赦免，这才是它最深刻的力量。

而且这赦免和宽容，并非是靠了理性的判断，有时简直就是无意识，是不讲理。它的盲目甚至会延伸到人的身上，变成"对于作者的宽容"，并且成为一个没有原则底线的、奇怪的"道德优先的定律"。这和前面我们说过的,那些文学人物的"伦理僭越的特权"是相似的。因为无论是俄狄浦斯、浮士德、亨伯特还是贾宝玉，他们都有条件为自己辩护，包括作者都会为他们辩护；而类似齐襄公和卫宣公这样的人物，却不会有机会。

这自来是"公平"的，算是文学的一种"补偿机制"罢。因为无论是俄狄浦斯还是亨伯特，都是虚构的人物；而齐襄公和卫宣公这对姐夫舅子，都是史上实有之人，所作之恶早殃及历史的池鱼。所以，即便冯梦龙将他们写进了小说，也未曾像莎翁那样通过虚构而将他们真正地戏剧化，所以也不可能得到道德上的辩护。

"写作者的特权"，还是一种普泛的现象，但我只消说出两个：一个是拜伦，一个是普希金。关于这两位名声盖世的诗人，其生平际遇早已被浪漫化了，并且因浪漫而变得合法和神圣化。在各种文学史或规制化的文字里，他们被描述为欧洲或俄罗斯旧传统的破坏者，旧势力的反抗者；而他们在生活中，在男女关系上的混乱乃至不检点，也变成了他们浪漫主义人格的一部分。

通常我是同意这种态度的，甚至多年来，我也是类似观点的实操者。但忽然有一天，当我在2013年的夏季，在莫斯科阿尔巴特大街的尽头，看到了一对青铜雕像的时候，却忽然有了某种隐隐的刺痛。因为我看到的不是遗世独立的普希金，而是作为娜塔丽娅·尼古拉耶夫娜·冈察洛娃的丈夫的普希金。他们比肩携手，走在盛夏的阳光下，诗歌和历史的青铜高光里。

我忽然觉得有点犹疑了，虽然那一刻我身上也起了"小米儿"——那是我从记事以来已崇拜了半个世纪的偶像，没有"过电"的感觉是不对的。但是我忽然想起了那可怜的冈察洛娃，她走在普希金的旁侧，走在他的阴影里，他所延伸出的不幸命运里。关于她的那些是非，她与诗人的恩怨——我在想，又有谁会真正据实、秉公地给出解释？普希金可以用他的诗歌为自己做证，而谁会为沉默的冈察洛娃做证呢？

有人说，这位冈察洛夫家的公主——后来的普希金娜，是一位虚荣而不负责任的女性，是她的不端和不慎害了诗人，使他在与法国人丹特士毫无意义的决斗中丧命，所以普希金的婚姻是不幸的。

但另一种说法则刚好相反：有人认为责任仅在于多情而善变的普希金。婚后不久，他便向妻子夸耀自己的风流史，"你是我第一百十三位恋人"。甚至在四个孩子陆续降生的过程中，他仍与昔日的情人罗谢特、凯恩等人联系，他还同时与奥西波娃及其两个女儿谈情说爱，不断向她们献诗，他还公然爱上了库图佐夫元帅的女儿希特罗娃和孙女多莉……如此混乱不伦的关系，与"聚麀""爬灰"何异？"这些女人养育了普希金的诗情，却严重伤害了普希金娜。"请原谅我引用了这些并未有严格证据的，或道听途说的说法。

假如这些是真的，我们已无从知道诗人内心的想法，也无从猜度普希金娜的痛苦。如果仅仅是向自己的妻子炫耀自个儿与一百多个女人有过关系的话，那么这俄罗斯的文学之父、伟大的诗人，与一个通常意义上的纨绔子弟和市井流氓又有何异？

任何人都很难在这儿用八卦的方式，来议论不朽的诗人。无论是人还是历史，都早已成为沉默的羔羊，早已"无害化"了，剩下的只是诗的旋律与言辞。《致凯恩》《我爱过你》《少女》《献给 M 的情诗》……甚至他最有名的《假如生活欺骗了你》，也是献给奥西波娃的小女儿普拉克西娅·尼古拉耶夫娜·沃尔夫的。当有人字正腔圆地，用了饱含深情的语调朗诵这些诗的时候，有谁会考虑到他妻子的感受，会思量这种情感的合法性问题？那被伤害的心灵与情感都被铸进了那青铜——仿佛眉间尺、晏之敖和楚王的头颅，都一同被煮进了滚沸的铜鼎一样，所有的恩怨纠结，如今早已归零。

所以，当有人言之凿凿如数家珍地列举他写给一十八位情人的爱情诗篇，同时又毫不吝惜地赞美他作为"俄国最伟大的民族诗人，追求真理和自由的斗士，友谊和爱情的歌手……"的荣光的时候，也意味着我们未曾在"道德"和"诗歌"之间设置过对立，未曾对普希金个人的人格有过任何怀疑。

> 为自由之神所悲泣着的歌者消失了，
> 他把自己的桂冠留在世上。
> 阴恶的天气喧腾起来吧，激荡起来吧：
> 哦，大海呀，是他曾经将你歌唱。

这是普希金的《致大海》中的诗句，这诗句不但神化了他自己，也神化了另一个作为他的先驱的拜伦。在这首诗中，普希金甚至将他称为"我们思想上的另一个君王"，将他与拿破仑在政治上的贡献相提并论，崇拜之情，可谓溢于言表。我想说的是，这位在现实中一样有致命缺陷的，甚至有着"恶魔"倾向的人，一旦进入了诗歌之中，也变成了完人。

我当然没有贬低诗人的意思，只是拿他当作一个同样享有"道德豁免权"的例子。因为拜伦的风流艳史，若是安在一个俗人身上，那几乎就变成了一个市侩。他仅在意大利就有超过两百乃至更多的异性经历，那些"浪漫"而又轻浮的所作所为，在法国人安德烈·莫洛亚所写的《拜伦传》中，都有生动的记录。他与同父异母姐姐奥古斯塔的不伦之恋，在很多资料中也完全可以坐实。这些若是发生在别人身上，是不可原谅的；而在拜伦这儿，则成为了他作为"摩罗诗人"的一部分，如果没有那么一点点魔鬼的气质，又何以称得上传奇？

七　魔鬼的探戈

干吗不回到那一曲荡人心魄的探戈。

探戈也是魔鬼。仿佛浮士德与美丽魔女的舞步，它也会给人一个特权，在这样一个完美的规制中，老维克特和儿媳拉莉塔紧贴于一起的身体，也不再具有非法的性质。那一刻，连魔鬼都已沉默，它闪进了他们的身体，显得那么优雅，仿佛还有一点点忧郁。

呵呵，"魔鬼的忧郁"！多年前，当我第一次听说探戈舞居然是"有那么一点忧郁"的时候，暗自有点吃惊。我在想，那教练怎么这样会说——那狂放的，性感得有些忘我和叫人眼花缭乱的探戈，居然也可以用忧郁来形容。

我想，或许是上帝和梅菲斯特一起创造了探戈这种舞蹈：上帝赋予了它优雅与忧郁，梅菲斯特则给予它放荡与身体。没有优雅和忧郁，那蛇与兽的身体就没有方向；没有那饱满而热烈的、狂放与性感的肉身，那优雅也就没有了生命，那忧郁也没有了意义。没有魔鬼的上帝是一个骗子，没有上帝的魔鬼就是狗屎。

因此我祝贺他们，帅而酷的老维克特，还有那位热烈而忧郁的女孩拉莉塔，他们即便被骂作"爬灰"，也比那些虚伪而造作的伪君子们要干净些。还有那支曲子——《一步之遥》。据说是这世界上最美的一支探戈曲，曾被不下十部电影所"借用"。第一次是什么时候听到它，我确实记不得了，但当它被刻意配属给《水性杨花》中的这个场景时，我以为，它们彼此都获得了新生。

我做了一下功课，查到了一本由阿根廷人奥拉西奥·费雷尔所著的《探戈艺术的历史与变革》（欧占明译，北京师范大学出版社2014年版）。这本书详尽地记录了探戈在阿根廷拉普拉塔河流域的演变史。他告诉我们，在二十世纪初期的探戈，本是"淫秽的音乐"，"是郊区人悲伤、痛苦、放荡不羁的产物"，而且只"在痞子艺人中间流传"。他说：

> 探戈在发展初期的很多主要作品，受到了城郊被边缘化的人群淫秽思想的重大影响：非常重要的是，探戈成为了妓院的敲门砖，在妓院里探戈成了嫖客性欲的催化剂，并且由此创造了独特的舞蹈动作。

很显然，早期人类无功利的，单纯用于生殖活动的，作为催情环节的那种舞蹈诉求，在这里变成了宣泄痛苦和售卖肉欲的招摇手段。费雷尔说，"通过身体的激发而形成了富有野性的爱的拥抱"，在"旧时代"的探戈中，充满了性的隐喻、挑逗、男女身体的接触与摩擦这些原始的内容，动作中"有着大量放荡不羁的元素"。只是在二三十年代之后的"新时代"中，这些东西才逐渐得到了改造。但无疑，探戈最根本的东西，即身体的拥抱——不间断的和允许间断的身体的依偎，那些从所谓低俗动作中升华出来的，仍具有明显的隐喻意味的摇摆、劈腿、勾腰、下叉等动作，都是探戈本身最具召唤力、想象力与人性深度的部分。

哦，打住，我不能再贩卖这点儿只有"舞盲"才会感到震惊的知识。我只是想说，这样的艺术就本质而言，是一种化腐朽为奇迹的东西。不是么，先是上帝打了个盹，魔鬼得以将它们编制出来；稍后又在魔鬼一不留神之时，上帝又将它们收进了自己的花园。

但我必须还要说一下这支曲子：它是1935年由阿根廷歌手卡洛斯·加德尔作曲，后由亚法多·勒佩拉作词完成。在西班牙语中，"一步之遥（Poruna Cabeza）"本是赛马活动的术语，意思是"差一个马头"的长度。在歌曲中则演化为隐喻，是用来表示对情人间错综复杂难以割舍的状况的描述，或者终不能结合的惋惜。

音乐方面我是个外行，但不知为什么，我却一度沉湎于这个曲子的旋律而不能自拔，以至于我认为自己看到了一个具有标本意义的女性，以及一个神奇的——可以化腐朽为神奇、变不合法为合法的"美学转换器"。于是我为电影中的这对主人公虚构了一首诗，仿佛要为他们做什么辩护。这首诗的题目也叫作《一步之遥》：

空气的硬度大于冰的硬度，两颗种子
止步于一棵树的距离，两双燃烧的眼睛里
横亘着这支，叫作探戈的曲子。多么优雅
恰切，在力与虐的节奏里来来去去
掌声，注视，他们刚柔相济的舞步
以及不断后退的机制，一步的距离，那保持

……是这样精准，精致，有时他们的肢体
紧紧相贴，任摩擦的热与力，都在舒放中
升华，且节制。听，这旋律中的对话
玫瑰绽放，进退自如，两个声部如胶似漆
那致命的隐喻，已经在嵌入和抽离中
完成了——单纯如冰雪的能指

我也愿意把这首诗献给布罗肯山夜会上的浮士德，还有他怀中的小魔女。那是他一生中最真实和可爱的时刻。对我来说，我只是黑暗中一块没有身体的岩石，一个在结尾处参与合唱的粗陋声音，一个幸福和灾难彼岸的观火者。

春梦
六解

宋公明与黑旋风之梦

序·说梦乎记

宝玉之梦

克劳狄乌斯之梦

贾瑞之梦:抑或风月宝鉴

浮士德之梦

宋公明与黑旋风之梦

西门之梦

解梦后记

盗跖吟口，名声若日月，与舜禹俱传而不息。
然君子不贵者，非礼义之中也。

——《荀子·不苟》

一 诗歌中的"贼人"

一秒钟之前是盗贼，一秒钟之后便成为了君子。

人还是那个人，并没有立地成佛，可是那个人确乎有了重生，什么灵丹妙药会起这般作用？

一首诗。一首诗能够让一个贼人完成身份转换，不信是吧？咱有现成的例子。话说中唐时有个才子叫李涉，有诗名，但此人也是命不好，一辈子没有做成个像样的官。最通达的一次，是于唐宪宗时做了太子的通事舍人，算是个名分不大的秘书亲随之类的，但很快这个官也没了。《岳阳别张祜》一诗中他自叹说："十年蹭蹬为逐臣，鬓毛白尽巴江春。"很有点以老杜自比的意味。中年之后，于文宗大和时，又一度做了国子监的博士，故世有"李博士"之称。当然这李涉也有落拓不羁的一面，不像老杜，总苦哈哈的，《题鹤林寺僧舍》中有名句云："因过竹院逢僧话，偷得浮生半日闲。"瞧，也是个会自得其乐的人。

但这都不是我们今天要说的主题。今儿要说的，是这位才子遇到的一件趣事。《唐诗纪事》卷四十六中记载：这李涉有一次过九江，遇上了一伙贼盗。贼人喝问，来者姓甚名谁？说出来好叫你死个明白。李涉没敢回话，随从中有个胆儿大的——也有一说是船家，说，是李博士哦。原来那盗贼中也有有点文化的，为首的便说，呃，若是李博士，就算了，不抢你东西。不过久闻先生诗名，可否写篇诗送咱瞧瞧？言下之意，可抵买路之资。这李涉闻之想，倒也合算，钱财咱不富裕，写诗可是强项哦，立等可取。遂于雨中泼墨道：

暮雨潇潇江上村，绿林豪客夜知闻。他时不用逃名姓，世上如今半是君。

这首七绝在《全唐诗》里，题作《井栏砂宿遇夜客》。看官，为何不叫"夜行遇盗"之类，而叫"遇夜客"？因为客气啊，人家强盗并无敌意，反倒多了点"尊重知识爱惜人才"的气度。要么就是与天气有关，这风雨凄迟之夜，行路人悚惶，那剪径之人是不是也有些柔软的联想？可惜这位《唐诗纪事》的作者计有功，是个行文过于简约审慎的主儿，盗贼索要诗文之后竟又如何，他未着一字。

从上下文看，诗的意思绝不难解。是说，这小村子傍晚风雨潇潇，鄙人于村野之中，巧遇诸位绿林豪杰，不期居然知晓某之诗名，幸甚幸甚。今日赠诗算一个缘分，他年再遇咱们就算老友了，算不得尴尬。说句实在的，如今这世道，一半的人群不都如君辈么。

这李博士显然是人在屋檐下，不得不低头的处境。然投合乃至赞美盗贼无妨，若借此污名天下人，便有点过分了。而可知那盗贼，即是胸有点墨的，得之自然喜不自胜，满口夸赞好诗好字，不愧世人知的李博士。

一场祸事亦就此变成了一件雅事。

比这位计有功更早记述此事的，是晚唐的范摅所著的笔记小集《云溪友议》。据说他客居湖州的雪溪时，曾亲眼见过李涉的这盗诗的真迹。只是笔者一时未查到原作，故此处略。想来这先人多是文抄公，抄来抄去，只是将故事的情景演绎得更像故事罢了。

可是看官，盗贼毕竟是盗贼，设若他们遇见了一个穷я没什么诗名可倚，囊中也更兼羞涩，只有活命的三五两碎银，怎么办，也放他过去么？

唉，那就管不了许多了。这首诗之后，那江湖贼人有了"盗亦爱诗"的美名，有点儿"由盗而侠"的意思了。和当由侠而盗、由盗而至流氓的衰变，可谓是屌丝逆袭了。鲁迅对这一点，在《流氓的变迁》中早已说得清楚。可我担心的是，假如没有这首诗，那贼人们会放过一个冒牌文人么？他们不会笑话你穷酸腐儒，在一个寒雨连江之夜，一时兴起，干起夺你饭钱，又嫌你晦气，拿你蒸做人肉馒头，或挖心肝下酒的事来么？

这段故事，后人又有加工。元人辛文房所著的《唐才子传》卷五中，亦设了"李涉"一条，在照录了前面的文字之后，又辅以合理想象，言盗贼见到博士之墨宝后，亦投桃报李：

大喜，因以牛酒厚遗，再拜送之。夫以跖、跻之辈，犹曰怜才，而至宝横道，君子不顾，忍哉？

翻作白话是说：那贼首等自然十分高兴，馈赠了李博士上好肥牛若干，更兼年份老酒数瓶，且一再拱手揖拜，送才子上路。作者叹道，就连盗跖、庄跻之辈，尚且声称惜诗爱才，而眼下如此多的宝贝横陈于路，我们时代的贵人们却视而不见，真是人心不古，人不如盗啊！

这位辛文房的加工润色，更彰显了盗贼之有文化和礼数。查这盗跖的出身，确乎不是等闲之辈，乃是鲁孝公的儿子公子展的后人，鲁国的贤臣，那位"坐怀不乱"的柳下惠的亲弟弟。此人杀伐千里亦声震八方，庄子、荀子的书中都有他的踪迹。《荀子·不苟》中说："盗跖吟口,名声若日月,与舜禹俱传而不息。"便是说,这柳下跖虽是盗贼,可名声却堪比尧舜,在民间广为流传,乃至与日月争辉一般。然而,他接下来又说:"然君子不贵者,非礼义之中也。"真正的君子和有见识的人不会这么看,因为他毕竟不符合正宗的礼义之道。

所以世有名贼,有文化的贼,爱诗的贼。因为有诗和文学的缘由而有了名声,进入了传奇,得以名留百世。但和真正的圣贤相比,他们之留名却不属"流芳",而属"流毒"也。

忽想起了小时读《水浒传》,读至武都头十字坡遇张青时那种说不出的感觉。心想那"好汉"原是这样,若是遇见他们心目中人,便是"推金山,倒玉柱,纳头便拜",不惜两肋插刀;可若是遇见那一般的商客,便是不由分说,用蒙汗药麻翻了,"将大块好肉,切做黄牛肉卖,零碎小肉,做馅子包馒头。小人每日也挑些去村里卖……"刚刚还是屠刀相向,转眼便成了歃血为盟的亲兄弟,凭一个混不吝的"义"字,便可以江湖"好汉"的名义,随意杀人越货了。

听听张青向武松汇报的个人简历,不是一贼窝子的出身么:"小人姓张名青,原是此间光明寺种菜园子。为因一时间争些小事,性起把这光明寺僧行杀了,放把火烧做白地。"他说得轻描淡写,可这罪行却数得上十恶不赦。这光明寺不知是何规制,但即便不大,一班僧人也何止三五个;那殿宇楼堂,大小也算个文物罢?再说行凶佛门之地,杀害僧众,当属多大孽业,可是竟无人问津,烧便烧了。他还占据这地盘，开始了他杀人劫道的职业生涯。忽一日，有个老儿挑着担子经过，"小人欺负他老，抢出去和他厮并"——他倒还算诚实，知道是欺老——可没想到那老儿却是手段了得，反倒一扁担将他打翻。一问，原是遇到同行了，论起江湖资历，老儿算是前辈，从年幼便是专业剪径，只好拜服在地。于是老儿将他收为徒弟，带至城中，不只教会他许多本事，还招赘他做了女婿。夫妻俩随后又来到十字坡开店，做起了人肉买卖。

要说这张青和孙二娘，单看这履历，委实便是一双强盗。从出身到平生所干之事，乃是杀人放火的祖业，行凶造孽的传授，何曾有一件扶危济困的义举，怎地忽然间遇见了武松，便成了江湖上的好汉，传说里的英雄？

二 经由梦境的得道

还是开头那话，一旦进入了诗和文学的叙事，就不一样了，匪类就变成了传奇。

与文学和诗抵近的，自然还有梦。梦的作用更为神奇，它可以让一个正被追捕的罪犯，登时变为一凛然不可冒犯的人物。不信且看：

宋江扒将起来看时，月影正午，料是三更时分。宋江把袖子里摸时，手里枣核三个，袖里帕子包着天书。摸将出来看时，果是三卷天书，又只觉口里酒香。宋江想道："这一梦真乃奇异，似梦非梦！若把做梦来，如何有这天书在袖子里，口中又酒香，枣核在手里，说与我的言语都记得，不曾忘了一句？不把做梦来，我自分明在神厨里，一跤攧将入来。有甚难见处，想是此间神圣最灵，显化如此。只是不知是何神明？"揭起帐幔看时，九龙椅上坐着一个娘娘，正和梦中一般。宋江寻思道："这娘娘呼我做星主，想我前生非等闲人也。这三卷天书必然有用，分付我的四句天言，不曾忘了。青衣女童道：'天明时自然脱离此村之厄。'如今天色渐明，我却出去。"

这一梦出自《水浒传》之四十二回，"还道村受三卷天书，宋公明遇九天玄女"中的一节。是说那宋江，自江州法场被梁山众好汉救出后，不得已上了梁山，但心中还惦记他在郓城县宋家庄的父亲和兄弟，连夜回来，要搬取父亲上山。不想一回到家，见了胞弟宋清，才知道全家已被县衙所派的土兵甲士围定了。他这才想起晁天王的劝告，急急如丧家之犬、惶惶如漏网之鱼，三步并作两步往回赶。不料那官军衙役早已注意到他的行踪，夜色里，四面举火围住，高喊着"宋江休走！早来纳降！"慌不择路，宋江来到了一个叫作还道村的地方，看见一座古庙，急忙钻进去躲藏。岂料又早被追兵觑见，团团围住了他藏身的神厨。就在他万念俱灰准备束手就擒之际,忽地一股恶风,胜似礌石滚木飞沙箭矢一般,将那一干人吹得魂飞魄散,仓皇逃窜。

随后便出现了上述一幕。眼看山穷水尽,一位上界神女出手庇护了他,不但驱散了追兵,还予以亲切接见,敕封其为"宋星主",确认了他上应天命的身份,勉励他未来要好好成就一番事业,要团结带领众星宿们,"汝可替天行道,为主全忠仗义,为臣辅国安民。去邪归正……勿忘于心,勿泄于世"。当下赐天书三卷,并面授机宜,如此这般。待到醒来之际,方知是梦中情景。

但此梦非同一般,有梦中得来之物为证。梦者醒来想:吾刚刚还是被缉捕的贼人,怎地却忽然变身,乃至于"娘娘呼我为星主"?莫非我黑三郎真个儿是前世的魔主、上界的神仙,今世下凡,要做一番惊天动地的伟业不成么?尚有点小不踏实,又不免有些许飘飘然,因此要急于自我确认——要说是梦境,却为何梦中人事又记得如此准确,且手中还有实实在在锦缎包裹的三卷天书?娘娘赏给的三枚仙枣的核儿,也硬硬地握在手心,而回味那御酒仙醪的香气,亦如余音绕梁,还能有什么问题?

看官,此梦如何解得?想来那作者施耐庵先生,确乎是极擅写梦的,也殊识得政治,他这《水浒传》写的是造反故事,于政治者乃是异数,于伦理者亦属匪类,却如何翻云覆雨,化非法为合法,变无道为有道,是颇费心思与周章的。当"天命"尚不足以自动彰显时,便借梦境叙述，借了"神女入梦"这古老的原型，来协助主人公强化他那"自命不凡"的意识。

有一点是有把握的，这宋江不是"宋玉到宝玉"那一路的，非属"意淫"之人，亦非好色之徒。此人说到家，是个坐怀不乱的主儿，只对兄弟义气感兴趣，在女人身上则全无心思。他被那卖唱的阎婆惜母女纠缠上，多半是出于怜贫惜贱的心肠；每日里迎来送往，忙于官衙和私下应酬，注意力全不在粉头身上，以至于戴了绿帽儿也不十分介怀。对他的押司同事张秀才文远与婆惜半公开的来往，只是故意装作不知而已。若非被那女人窥见了他与梁山好汉来往的书信，趁机讹他，说要告到官府指证他私通贼人，他万不会一时兴起，犯下杀人之罪。所以这宋江做梦，自和宝玉之梦、贾瑞之梦不同，非是色情之梦，与性欲、力比多因素干系不大。梦中所遇的九天玄女，虽然生得"天然眉目，正大仙容"，但我们的宋星主却未敢直视，更谈何想象中的半点儿亵渎。因此与男女之梦都靠不上，与"恋母"之类也相去八荒。如若非要上纲上线，那就要为之专门建一个类型了——笔者认为可称之为"政治梦"。

话分两头，我们先说这梦中莅临的女神，乃是道教中最高阶的女神之一。先前的才子之梦中，无论是巫山神女，还是洛水之神，都是妩媚妖艳，不可方物的："其形也，翩若惊鸿，婉若游龙……仿佛兮若轻云之蔽月，飘摇兮若流风之回雪。远而望之，皎若太阳升朝霞；

迫而察之，灼若芙蕖出渌波……"这是曹子建《洛神赋》中的名句，汉赋流风，自然极尽夸张和"能指重复"为能事；而宋玉的《神女赋》亦是，但可为此类文字的祖宗："其始来也，耀乎若白日初出照屋梁；其少进也，皎若明月舒其光。须臾之间，美貌横生：晔兮如华，温乎如莹。五色并驰，不可殚形……"是他把屈原所创造的楚文学的光荣传统，给尽行篡改了，把那茂盛葳蕤的修辞，慷慨激越的诗意，忧怜苍生的襟怀，一发矮化为了御用文字，只剩其形，尽失其神。这都是题外话了，我们先放下不论。

单说这九天玄女，也称九天娘娘，是道教中与太元玉女、西王母、太阴星君齐名的四大女神之一。上古神话中，她约莫为黄帝的同盟或是保护神，《山海经》中最早记述了黄帝与蚩尤之战中她所起的作用，但那时她的名字似乎还有些含混："蚩尤请风伯雨师，纵大风雨，黄帝乃下天女曰魃，雨止，遂杀蚩尤。"是说，那个不服的东方蛮子，借了狂风暴雨助阵作乱，黄帝只好祈天女下凡，作法止了风雨，擒杀了蚩尤。这"天女"名作"魃"，是专门对付洪水的旱鬼，风伯雨师的对头。《说文解字》解其为"旱鬼也"，"从鬼，犮声"，其所到之处，云收雨散，这蚩尤焉能不败。主人公更名为"玄女"，是后来的事，较早见诸文字的，要数汉代的纬书《龙鱼河图》中的原版记述，笔者此处是从《太平御览》第七十九卷中引述的：

> 黄帝摄政前，有蚩尤，兄弟八十一人，并兽身人语，铜头铁额，食沙石子，造立兵仗刀戟大弩，威振天下，诛杀无道，不仁不慈。万民欲令黄帝行天子事，黄帝仁义，不能禁止。蚩尤遂不敌，乃仰天而叹。天遣玄女下授黄帝兵信神符，制伏蚩尤，以制八方。

读这段可知，这施先生述此梦，可不是随意编来。当初黄帝战蚩尤，所倚重的就是这"玄女"，而且她也是"授黄帝兵信神符"。而且那时的黄帝老子，也不见得就是唯一正统合法的当权派，他是和蚩尤在争天下，一度还不占上风，只是后来借助天意和神力而胜者王侯罢了。因此上，这玄女娘娘授宋江三卷天书意味着什么，那还不是明摆着的事儿么。想来，宋江原先一直不肯上山，借口"忠孝"说辞，但最根本的，是他懂政治，总是考虑"革命的前途"到底是什么。仅仅"啸聚山林"，总不是舞刀弄枪的理由，没有政治上的合法性，总是不能长久的。所以晁天王等几番劝说，他都给拒了，直到被判死囚，他才从了。但他内心无时不在想，到底该怎么解决这合法性的问题。于是，就有了此梦，预先一步，实现了"精神上的招安"。

授自天命是最好的理由。历史上所有造反者，无不借口天命，或因圣迹显示，以给自己壮胆，以使众人信服。宋江得九天玄女之授受，不只意味着这场造反有了前世命定的因缘际会，还预示着第二步"替天行道"政治纲领的理论出处，以及最终将获得皇帝老子的认可，成为忠君护国的嫡属臣子。

你说这一梦的作用,可以随意裁量么。

三 "梦与神遇"的前史

要为黑三郎的梦找来历,也不难。翻开史书便会发现,凡造反建政者之初,几乎都有异象或圣迹显现。《史记·高祖本纪》中讲到高祖出身之时,就说其母是"梦与神遇"。这回不是高祖自己做梦,而是由他姆妈做梦;不是三郎自费自证,而是径直由老妈出面,直接梦与神交,证明其自来便是"真龙天子"。

> 其先刘媪尝息大泽之陂,梦与神遇。是时雷电晦冥,太公往视,则见蛟龙于其上。已而有身,遂产高祖。

这太史公的笔法确是厉害。作为史官,他承继了周秦以来的伟大传统,那就是敢于秉笔直书。虽为本朝作传,有种种的限制,须以忠君爱国的正能量为主,但他毕竟还是照实了写尊者的缺点。比如这刘季年轻时的些许劣迹,言其初为"亭长"小吏时,为人很不严肃,也不算恪尽职守,喜欢调戏欺侮同事,又常喝酒误事:"廷中吏无所不狎侮。好酒及色。"单是这"狎侮"同事或属下一事,要搁现今,就算作风不端；若是再加一生活腐化，那就得受处理了，不只本人丢脸，家人亲属都要跟着难堪。当然，关于这些，太史公只是语焉不详地从简叙述，能含糊其词的，绝不详说，因为一旦说仔细了，可能就会惹得有人不高兴，就有麻烦了。

因此，写到喝酒的后果，这史笔中只说是"醉卧"，且引来了众消费者的围观。搁如今，这也算舆情，但换在高祖这儿，那就是传奇和轶闻了。高祖一来喝酒，醉酒时头上就会出现一条龙，围观的人一多，酒家的生意就翻倍地涨，所以亭长的酒钱也就免单了。

瞧，连太史公这样的人，曾誓言"发愤著书"的人，也要考虑文字的利害。他如此写，当朝的和后代的皇帝们，便都不会责怪他。因为既是高祖，从平民身份变身为天子，没些特立独行的异迹怎么能行，所以只管写他"那些事儿"，诸如游手好闲，混吃混喝，一个子儿不花就哄到了富翁吕公的宝贝千金，等等。只要证明其为真龙天子就好。

咱再回来说这梦——列位请留意，这可能是世界上最简短的"梦叙事"了，只有"梦与神遇"四个字。都道太史公春秋笔墨，可这也太简约了，难道不能再详细一点？倘能够，为什么不呢。可列位想，这子长先生难啊，在秉笔直书和"为尊者饰"之间，便是"史家绝唱，无韵离骚"又能如何，他不还是得被迫暴露出他那根深蒂固的封建阶级的"唯心史观"来么。

在下自然知道这样的求全责备并无必要，我们该做的，是需认真研究一下该梦的讲述方式。一开始，太史公用的是第三人称，刘夫人在大湖边上梦见了神，"遇"字可以理解为是遇见，也可以联想得更深和暧昧些，是遭遇、邂逅，等等。究竟发生了什么，你自个儿琢磨，因为太史公也不是上帝。第一，他也看不到夫人的梦里究竟发生了什么；第二，即使他知道也不能说出来；因此，第三，他只是客观交代，此处发生了一个梦而已。可若是知晓宋玉以来吾国的文学传统的，应该很清楚他到底想说什么。只是因为事情来得急，"说时迟，那时快"，又兼涉及最高国家机密，故最好的安排应该是——此处无字胜有字，此地无声胜有声也。

太史公何尝不知道这是个"春梦"？女性也是有春梦的，"打起黄莺儿，莫教枝上啼。啼时惊妾梦，不得到辽西"，后人对此亦是心知肚明。但太史公的高明在于，他用这番言简意赅的叙述，将一番难言之隐很严肃地搪塞过去了。

但仅仅搪塞还是不行，没把该交代的说出来，还是徒费笔墨。因此接下来，他又转换为了太公的视角，即高祖形式上的"父亲"的目击。想必电闪雷鸣时，太公忽担心太太未归，急急往湖边寻找，恰好看见了这令他瞠目结舌的一幕，一条蛟龙伏在了太太的身上。接着，就有身孕了。

看官，这一转换，解除了一个叙述的难题。因为直接描述夫人的梦境是很难的，需要将之转换为现实的场景，还需要有人目击，而刚好目击人就是其老公。那么他之亲眼所见，既可以证实夫人所生刘季为龙子，又可以越过一个世俗的"伦理之难"。因为没有哪一个男人，是可以如此"无感"地目睹他者与自己的女人交媾的，而虬龙就不一样了，它是来自上天的使者，自然有交配的特权，凡人妒忌它不得。而我们的刘太公，显然也是一位有大局观的父亲，一位脱离了低级趣味的男人。

就这样，结果皆大欢喜：他老人家自甘于成为了凡夫俗子的最后一代；自高祖始，后代的血统，已然改换为了龙子龙孙，日后必然威加四海；其母与龙身有染，当然也不是苟且的女人，而是凛然高洁而凤仪天下的圣母了。

当然故事还没有完，不可或缺的是后面还有"斩蛇起义"的一节。说这亭长，依旧是一副吊儿郎当的德行，押着犯人去往骊山服刑，那些囚徒们都知晓暴秦凶险，自然一路都在逃亡。高祖心想，看这样子，等到了目的地，估计人就跑光了，自己也交不了差，交不了差自然也是一死。于是某一日喝完酒，夜色中他对大伙说，兄弟们，你们都各自逃命吧，我也要玩失踪了。但还是有十几个人愿随他闯荡江湖，于是他便乘着酒兴宣布举事。途经一片沼泽地的时候，一条大蛇挡住了去路，醉酒的高祖来到前面，拔剑将那蛇斩作两截。

事后有人见到——这多像是《百年孤独》中的开头——有一位老妪在黑夜中啼哭，人问为何，她说，是赤帝之子杀了吾子，"吾子，白帝子也，化为蛇，当道，今为赤帝子斩之，故哭。"

又是一重证明。"赤帝"者，神农炎帝之别称也，故有"赤日炎炎"之说；白帝者，少昊也，五方上帝中的白帝之神，亦称"穷桑帝"。看来那白蛇也不是等闲之辈，而杀它的则更牛，为赤帝之后，自然为华夏正宗。可见其运数交叠，注定斗转星移，要改朝换代也。"后人告高祖，高祖乃心独喜，自负。诸从者日益畏之。"不由他不越来越有理想，更加确信自己是真命天子；而跟随他的人，也越来越敬畏他。

故事讲到这儿，太史公把高祖的出世和出身，差不多已渲染得神乎其神了。然还有一"喜"不能不道：

秦始皇帝常曰"东南有天子气"，于是因东游以厌之。高祖即自疑，亡匿，隐于芒、砀山泽岩石之间。吕后与人俱求，常得之。高祖怪问之。吕后曰："季所居上常有云气，故从往常得季。"高祖心喜。沛中子弟或闻之，多欲附者矣。

又是一处反证。那嬴政常担忧东南方向的王气，便百般设法镇压之，而高祖每每怀疑这王气是出于他自己，于是就藏匿至山中。然他的老婆吕氏总会很容易地找到他，并说，亲爱的，知道我为什么总能找见你吗，因为你头上常有祥云哦……

都是那个姆妈之梦的注脚。蛟龙蟠于其老妈之上，祥云则缭绕其龙子身上。看看，这好故事都落至他一家了。

四 "正统"之据与"弄鬼"之术

世上果有"政治梦"的类型，那么太史公所讲的刘邦母亲的这个，应是一个典范。只可惜，在老弗洛伊德的解梦理论中却付之阙如，并未有此类定义。

当然不是他不够敏感，实在是因为文化的差异。在吾族人这里，为官为政为正统的情结实在太过强烈了。所以往好处说，便有所谓家国之怀，山河之梦；往坏处说，则是喜好神化自我，篡位弄权。

查遍弗氏的著述，或许只有一个"伪君子的梦"庶几近之，然细究又和政治八竿子打不着。可是中国古代类似的梦，就太容易找了。像"南柯一梦"之类，明显有政治的讽喻在其中，只是它对于做梦者的愿望而言，并非是单向的"达成"，而更多是予以否定，谓之富贵之梦，皆属幻象也。另外"黄粱一梦"也相近似，只是我们前面已谈到。这类梦中大约都有中国人特有的经验，世相乃是色与空之轮回，有与无的交替，终属镜花水月。

宋江的梦，显然与刘邦姆妈的梦，以及古来那些彰显正统的梦，都是一脉所系。所以也堪为古来梦中政治的典范。

例子嘛，还有很多，只是在文学的叙事中，这些故事会显示得五花八门。如果仍以《史记》为例，便可以罗列如下：

殷契，母曰简狄，有娀氏之女，为帝喾次妃。三人行浴，见玄鸟堕其卵，简狄取吞之，因孕生契。

秦之先，帝颛顼之苗裔孙曰女修。女修织，玄鸟陨卵，女修吞之，生子大业。大业取少典之子，曰女华。

周后稷，名弃。其母有邰氏女，曰姜原。姜原为帝喾元妃。姜原出野，见巨人迹，心忻然说，欲践之，践之而身动如孕者。居期而生子，以为不祥，弃之隘巷，马牛过者皆辟不践；徙置之林中，适会山林多人，迁之；而弃渠中冰上，飞鸟以其翼覆荐之。姜原以为神，遂收养长之。

以上分别是太史公在《殷本纪》《秦本纪》《周本纪》中，关于其祖先出处的叙述。这与汉代的大儒们都属一路，是按照解释夫子编纂的《诗经》之办法，都是附会"后妃之德"之说，把先人那里相对自由的爱情，还有稍稍有点儿本色和松散的生殖活动，硬硬地给讲成了德育课。

当然，若是从人类学的角度说，前两者那就是与所谓"图腾"之物有关了，至于后者所说的"巨人脚迹"，则是蒙人的说法，鬼会相信。太史公依照《诗经》中的调调，综合其他史料，追述了商周二朝的动物崇拜，证明"玄鸟"不但与殷人之祖有血缘关系，与周人的祖先也有一腿。玄鸟，东汉王逸的《楚辞章句》中解释为"燕子"，其后多从此说。但窃以为，此燕子非彼燕子也，既是图腾，便会有变形，有多种飞禽元素的叠加，犹传说中的"凤凰"。雨燕喜欢入户做窝，或许祖先会认为它们天然与人亲近，然而要以此为崇拜对象，还要附以种种神化之说才是。唐人李善在为张衡的《思玄赋》作注时认为是"鹤"。从古人画作上所见之"玄鸟"，有时确乎很像是鹤的形象；但在出土的战国时贵族墓中的玉玄鸟，却是有较长的尾羽，翅膀也更为复杂夸张，更像是一只简版的凤鸟。所以郭沫若干脆就认为玄鸟即凤凰。可是，如果玄鸟是凤凰的话，那么"朱雀"可能就不干了，要论哪个血缘更近，自然是朱雀形象更加绚烂，更加神乎其神。而朱雀显然不能是玄鸟，因为朱为红，玄为黑。这点古人还是清楚的。

说着说着就开始犯糊涂了，这古人也定有一笔糊涂账。不管他那么多，我们且就事论事，这些证明自己身份来历的说法，虽不是梦话，但却与刘季姆妈的梦有同样作用，都是为了证明血统的高贵和特殊，自来就不同于普罗大众的肉身凡胎。

也有更绝的，来不及找久远的神话，就现场想办法。那就是陈涉吴广之辈了，《史记》能够为陈涉这般人物设专章，实属不易。过去的说法，是认为其具有强烈的"人民性"，这样说大概也对，太史公确实对专制统治有发自内心的愤恨，无端蒙冤，遭受阉刑之辱，焉能不恨？所以逻辑上也是说得通的。但毕竟那时还没有更多先进思想的指导，便是有，也是本能和朦胧的，不宜拔得过高。须知太史公更关注的，是汉之代秦的合法性。当初陈涉吴广起义，是反对暴秦之战的开端，不久高祖亦即"斩蛇起义"，所处境遇与陈吴是一样一样的。所以设了就设了，最终没有被审查删削。

施了什么计策呢？陈吴二人先是在政治上找到了合法性，即秦皇本应是让长子扶苏即位，承袭大统的，但赵高李斯等权臣却以矫诏而弑长立幼，让胡亥接了班。这是篡逆之举，如今百姓大多不知道扶苏已死的消息，我等不妨以拥戴长公子的名义举事，岂不一呼百应。然仅有此理由，尚嫌不够，应该还要有神明相助才是。于是又想了一招。

> 乃丹书帛曰"陈胜王"，置人所罾鱼腹中。卒买鱼烹食，得鱼腹中书，固以怪之矣。又间令吴广之次所旁丛祠中，夜篝火，狐鸣呼曰："大楚兴，陈胜王。"卒皆夜惊恐。

这便是"弄鬼"了。对于草民来说，要想造反，何其难矣，没有神灵征兆怎么能行。所以鱼肚子里出来了"陈胜王"的条幅，荒郊野庙里鬼哭狼嚎着类似的流言，种种迹象都显示，上天欲要变革，要推出一位新的王者。以至于那些士卒们都吓尿了，不造反都不行。

看官，暴秦之亡，固然源自其自作之孽，但也得有人起事不是么。陈吴首举义旗，天下英雄群起响应，那横征暴敛的如虎苛政，那看似金汤铁铸的巍巍城池，顷刻间便土崩瓦解，烟消云散了。

我们再回看这宋三郎，他梁山的交椅还没有坐热乎，便开始为政权的合法性问题而焦虑了。这着急忙慌回家，搬取老太爷上山，本身就是硬着头皮，担心老爷子用家法，骂他不忠不孝不爱国，他内心岂能不如临深渊。但这厮素来又不是吃干饭的，在江湖混迹多年，手上也有多起人命官司，官府岂能饶得了他。更兼在浔阳江酒楼上，也曾酒壮怂人胆，在墙上涂鸦过"他日若遂凌云志，敢笑黄巢不丈夫"的大话，如何不想着豁出去干一番事业。于是，这思前想后，便得了这"愿望达成"的一梦。

但宋江与陈吴不一样，他还有低调的一面：一来觉得自己出身低微，长相也不咋地，在江湖兄弟中只有一个虚头巴脑的"仗义疏财"之名，能不能镇得住局面还不一定；二来晁天王还在山寨主位，怎地就敢随便僭越。所以他一直闷不作声，低调行事，只是要急于建功，在众头领中出头。"星主"之事，直到晁盖中毒箭而死，他被推为山寨之主，才算是尘埃落定。

那玄女娘娘后来还有一次显灵，亦是在宋江的梦中。此是第八十八回《颜统军阵列混天象，宋公明梦授玄女法》，说那辽国悍将兀颜统军设了混天象阵形，让宋军几番败下阵来。一筹莫展之际，宋江在和衣而卧的睡梦间，忽有青衣童子前来引领，带他在一"茂林修竹，垂柳夭桃"之地，"萧墙粉壁，画栋雕梁"之间，再度见到了敬爱的玄女娘娘。娘娘在对他过去几年的工作给予了充分肯定之后，以金木水火土相生之理、相克之法，秘授了破阵之策。遂大胜。

这一段与前番相比，大约只是作者的一个想法，一是再度凸显宋江在政治上的地位，二也是在叙事上与前面有个呼应。和第一次见面相比，并无新意，所以在下也省点儿唾沫。

五　小人物的政治梦

老莎士比亚在他的传奇剧《暴风雨》中，曾设置了一个怪物般的人物，叫作凯列班。他是荒岛上唯一的原住民，有着原始的思维和语言，在被放逐的米兰公爵的魔法虐待与奴役之下，他每天也说着恶毒的语言，希望能够拥有受尊重的生活。在遇到流落荒岛的那不勒斯王的伙夫斯丹法诺时，他叙述了自己的一个梦："在梦中好像云里开了门，无数珍宝要向我倒下来；当我醒来之后，我简直哭了起来，希望重新做一遍这样的梦。"

显然，莎老爷子有点儿敷衍，他似乎不太情愿给这一屌丝人物设置哈姆莱特式的心理深度。但神经质的精神分析家们却不肯放过这例子，有个叫诺曼·霍兰德的美国人，就对此梦做了很"过分"的"过度阐释"，认为"'云'是母亲乳房的象征，'无数珍宝'则是婴儿所盼望的母奶的象征。梦结束的时候，凯列班要哭了，这是因为失去梦就是失去了乳房，这是反映了凯列班'口腔期'的愿望……"在下当然也很难说他没有道理，然若是从政治的角度理解，我以为或许会更贴切些——凯列班希望自己有独立的财富，过有尊严的生活，有受尊重的身份。但一旦他醒来，这个愿望就立刻破灭了，等待他的，不过是普洛斯彼罗公爵和所有人的欺侮和奴役。

如此解释岂不是更切实些？非要和人家姆妈联系起来，是不是有点心理阴暗。

而且诸位，这像不像阿Q在土谷祠里的梦呢？是有几分像的。可是我得先来说说他的祖先，那位真正的草莽英雄——"黑旋风"李逵的梦，然后才能说到他。李逵自姓李，阿Q姓氏不详，名字也有几分含糊，怎地说是他的祖先？笔者说的是文化和思想，从对革命的理解上，他们是一个层次的。虽说李逵也曾喊过"杀去东京，夺了鸟位"，但在实践中，他实在是只知道"抡着两把板斧砍过去，砍的尽是看客"。这和阿Q在土谷祠里想象的，难道不是一个逻辑么——

"阿Q，饶命！"谁听他！第一个该死的是小D和赵太爷，还有秀才，还有假洋鬼子……留几条么？王胡本来还可留，但也不要了……

　　阿Q当然是不懂政治的，他就是想砍人，仅此而已。但他偏做了一个政治梦，认为革命会对他有利，之前他在城里看到革命党被杀，他只是有点兴奋，而之后看到革命带给了赵家"大不安"，他便以为要变天了，内心则起了杀机，便有了几分糊里糊涂的硬气。

　　你料李逵就懂得么，也是不懂的，他是误打误撞，一头掉进了政治的坑。当初他在江州牢城里混了个差事，不说吃香喝辣，倒也十分的自在。不期认识了个宋江，闻他是个仗义疏财的主儿，纳头便拜，自此认他做了哥哥。任这个人百般相欺，"黑厮黑厮"地挂在嘴上，还几番要砍他脑袋以正军法，他也还是死不悔改。

　　李逵的梦发生在小说的后半程了，是在破完大辽，又征田虎的中段。单从小说的笔法来看，已属狗尾续貂了，只看得热闹，并无多少思想艺术的含量。一句话，有没有都如鸡肋，有不嫌多，没有不嫌少。

　　可这位施老爷子却不是吃干饭的，若是没有李逵这个梦，我也认为这后几十回可以悉数砍去，而有了此梦，便也还可以留着了。因为这个梦意味着，并没有一种观点意志的一统江湖。还有异端的苗头，不同的声音，有同床异梦的兄弟，南辕北辙的念想，而这便是小说真正的政治和艺术了。你道老头傻呀，让他在那般皇权高压下,写造反的事儿,不用个"复调"策略或者障眼法之类的,不只书印不成,连吃饭的家伙也得搬家。因此上,这个梦的作用可就大了。从性格逻辑上看,它延续了黑旋风率直鲁莽的尿性,草莽屌丝的本色;从主旨上说,则寄托了作者对于宋江路线的保留,这一点很隐秘,却也很明确。

不隐秘不行呵,谁不得上有老下有小;可不明确也不行呵,大丈夫著书立说图什么,没一点为天地立心的狂傲还有啥意思?

所以呢,"复调"是必须的——那个发明这词儿的俄国人说了很多,但翻成人能懂的话来说就是,在叙述中设置了不同的调门,让有些人物总有个"不服管"的毛病,必要的时候他会违逆叙事的主调而自行其是。在《水浒传》中,如果这李逵还有点什么用场的话,那么他的存在,就是"啸聚"精神的存在,就是野性不改的标志,就是蚩尤、刑天、盗跖、陈吴的延续,是痞子流氓的生生不息,也是村野匹夫的粗话、憨话、冒犯之傻话的扩音器。

所以,即便这《水浒传》有再多毛病,你也还是难以禁它、毁它、忘它。因为你若厌恶宋江,那不还有李逵么,主旋律和个性化,黑白两道你要哪个,随你挑。皇帝不喜欢有人造反,便可强调招安的正确路线;草民憎恨姓赵的,那就可以想象黑旋风刮过街头,人头齐刷刷地落下——嚓——阿Q就这样想过。管你是哪一路的,施爷爷自用暧昧骑墙的办法来支应你。咋样?

六　粗糙人的精细梦

说了这么多，那黑旋风的梦还未及细解。这梦可够长，统计了一下，共二千九百四十五个字，比宋江那得授天书的梦还多了三百余字，可知在书中作者不是随便处之。

原来施先生也认为，这梦是需要"心理基础"的。这天在攻城拔寨之后，宋头领大摆筵席，犒赏三军将士。席间，他那股子基层作者的酸文假醋劲儿没有憋住，就开始抒情，历数自己何德何能，自上山以来，一路得众兄弟辅佐，从啸聚山林到为国建功，从死囚犯到众星主，不觉百感交集。听话听音儿，关键是这几句：

"……回思往日之事，真如梦中！"宋江说到此处，不觉潸然泪下。

那李逵原是个粗人，更兼已经大醉，伏于案上迷糊过去了，但不知为何此时居然受到了宋哥哥的"暗示"，便从那现场灵魂出窍，开始了梦游。彼时大雪未停，这黑风白雪，居然有一番诗意的交会。黑哥哥见山野景物壮美，居然也来了兴致，"离了宜春圃，须臾出了州城"。请注意，施老头虽说不知有精神分析的套路，但这一细节，须让姓弗的吃一惊。黑旋风"猛可想起：'阿也！忘带了板斧！'把手向腰间摸时，原来插在这里"。板斧是什么，是胆气，身份，是英雄的魂魄，它不在身上，可乎？就像你我俗人，出门前手机钥匙摸了又摸，生怕手中的是错觉。便是李逵这等莽撞之人，也有几分"强迫症"的意思了。列位说，这与意识流、新感觉派、先锋小说家们比起来，你敢说他不是祖宗？

话休烦絮，却说那李逵接下来出现的几个梦中场景，依次是：行侠仗义、为国除贼、临阵破敌（暂只得计）、与幸免虎口的老妈重逢。我暗暗吃惊，若是按照解梦的原理来一一细解，真是教科书般的设计，没法不说他是梦叙事的祖师。

第一个是重复了之前"乔捉鬼""双献头"的情景，在为民除害的同时又滥杀无辜，但好歹也算是行侠仗义。此属黑旋风正常履职，我以为可以略过。但需要注意的是，这个场景中有"套叠梦"的性质：即前半部分是杀了强抢民女的贼人，算是匡扶正义；后半部分却是杀了人家偷情的男女，实是自由恋爱的一双，算是滥杀无辜。但这就是李逵，他所凭借的，不是由公共理性支持的法理，而是由农民道德所驱驰的暴力激情。

接下来就是"敏感场景"了，与贼人的打斗忽被喝断，黑旋风无意中竟撞到了赵皇帝的办公处。文德殿上的赵皇帝表彰他忠心为国，"剿除奸党，义勇可嘉"，还立刻封他为"值殿将军"。他亦捣蒜般"一连磕了十数个头,便起身立于殿下"。且心中喜欢道:"原来皇帝恁般明白!"

瞧瞧,这不愿招安的不也招安了么,然而且慢,黑旋风毕竟是黑,他可是野惯了,一顶小乌纱管不住他的心。当听到那蔡京、童贯、杨戬、高俅四个贪官在朝堂上进谗言,说宋江率部故意"逗留不进,终日饮酒"时,即怒从心头起,恶向胆边生,挥斧上去就将四个腌臜奸臣砍了。还似梁山时的老套路。

继而是梦中获了破敌妙计。这对李逵来说,大概太难了,似他一介莽夫,冲锋陷阵可以,运筹帷幄可不是专业。然这次施先生却刻意安排此角色给他,却是为何?在下也没有想明白。只是觉得那李逵虽没文化,却是愿意服膺有文化的人,故这位献计者,乃是一位锦衣"秀士",告诉他"要夷田虎族,须谐琼矢镞"。虽然听不明白,但都结结实实记下了,后来宋江吴用正是依此计进兵,大获全胜。黑旋风没有像宋哥哥那样,遇到一位玄女娘娘,而是梦到了穿道袍的书生,这也反映了他内心的干净。加之前番在杀了抢夺民女的贼人时,老儿要把女儿嫁他,惹得他怒火中烧,作用都是一样的。

若是纯然从精神分析的角度看,李逵肯定是有人格障碍的人物:对女性完全无感,对兄长百般忠诚,有盲目的暴力倾向,却又有天真和善良柔软的内心……很显然,他是个没有完成童年向成年心理转换的人。在其心智和认知方面,完全停留于儿童的水准,不期却又长成了一个黑粗大汉。对这一点,我以为施老先生也是清楚的,故梦的最后,是安排了李逵与其娘亲的相会,这实在是对他孩提人格的一个生动还原。梦中的老娘并没有被大虫吃掉,铁牛倍感庆幸,便又背上,要让娘亲跟他进城享福。谁知林子中猛地又跳出来一只老虎,李逵挥斧便砍,哪知"用力太猛了,双斧劈个空,一交扑去,却扑在宜春圃雨香亭酒桌上",遂一觉醒来。

这李逵的梦,仿佛是那荒野乱石堆里长出了一枚仙灵芝。如此粗放的打打杀杀中,猛不丁出来这么一番细腻过人的笔致,委实有点让人不可思议。这是作者意识到,他得额外加点儿货,以免让众人小瞧;还是写得一时兴起,在程式化的稀松故事中加了点华彩的乐句?总之是值得玩味的。或许是那场大雪带给了他灵感也未可知,反正这《水浒传》中几番写到大雪飞扬之时,都是如有神来之笔,格外有一番意境。

题外话就打住了,还说这书中之梦。不只宋公明、黑旋风,连武松、吴用、卢俊义、花和尚、花荣等都做梦。就这征讨田虎的一节中,还有个奇葩式的鲁智深的梦,似乎也是作者刻意增加的花絮。最有意思的是,作者就好似那花和尚吃酒"吃得口滑"一般,有点儿管不住手中之笔,一发而不可收地变成了"梦叙事"的专章。后面还写到,那贼将中的一个美少女琼英,因与贼首有杀母之仇,要报仇雪恨,便在梦中与没羽箭张清相遇。不只在梦中与他学飞石击人的绝活武艺,竟还相中了张清为夫婿。而那张清也是一样的,也在梦里梦见了这身在贼营的琼美女,两个人因此上有了这份前世奇缘。

这算不算"性与政治"最早的混合之梦?想那作者,为了多给些合法条件,还刻意渲染了琼英的悲苦身世:其母为拒贼守节,坠崖而死,致使她满怀仇恨,誓杀那欺男霸女的匪盗豪强。这和革命文艺的叙事逻辑,是不是已相差无几了?

看官,到这儿,我们两位主人公的梦,可算都已尽述。可我忽然觉得,好像还有什么并未说透。比如,为何在宋江和李逵之间有如此多的恩怨纠结与不平衡:宋江奸,李逵忠;宋江诈,李逵憨。可是两人为何又相生相克,至死不分?你当然也可以认为,是作者刻意要这么干,可是从这两人的梦中来解读,我却越来越觉得,他们俩就是梁山文化的两个翅膀,缺一则难以成梁山,少一则无以成水浒。没有宋江,就没有政治,没有李逵,就没有本色。没有政治的书,你道能成为好书么?社会历史的深度如何建立?没有本色,人性就没有了根底,什么形象都是白扯,水浒之中还有何灵魂可言?

所以,宋江或许是梁山与水浒人格中的"超我",而李逵则是其"本我"。虽然这个超我有点儿肮脏,这个本我反而是有几分纯洁。但杀人放火和精忠报国,就是这样奇怪地纠缠着;他们兄弟俩,又是这样相依相生相爱相杀着。

《水浒传》中写梦多,有人统计说总共有二十二个,仅比《红楼梦》中的三十二个少了十个。要说谁写得更好,那自然是后者,但不要忘了,前事之师，两者时差有四百余年，没有前人尝试，哪会有后来者的成功。笔者此刻忽然意识到，或许曹公从施公这儿直接师承了很多。前后对照，谁敢说那宝玉之梦，没有受到宋江之梦乃至李逵之梦的影响？谁又敢说鲁迅在构想阿Q这个人物的时候，没有《水浒传》之如影随形？那阿Q的抢东西造反，难道没有赤发鬼、黑旋风、立地太岁们的影子么？

七 政治梦的遗毒及尾声

鲁迅厉害，他给现代中国小说的开篇所做的定位，便是一个矮化了的政治梦。这个梦一度溢出了文字，来到了现实之中，也来到了我的童年记忆中。

1975年夏秋的某一天，黄昏时分，我正在村头的铁路边与一帮小伙伴玩耍，我们玩的是抓特务的游戏。那时我常常在夜晚做着有政治含义的噩梦。比如阶级敌人变天，千万人头落地之类；也经常梦到斗地主、抓特务，而常常是被特务吓得在哭喊中醒来；再不就是梦见世界大战爆发，原子弹爆炸，四周一片火海。

而此刻，一位头戴斗笠、将帽檐压得很低的行人，正沿铁道边的窄路匆匆走过。暮色中，不知是哪个伙伴喊了一声：有特务。于是我们这伙人立刻学着电影上的样子，全都匍匐在地。等到那人稍稍走出了约十来步,便发声喊:冲啊,抓特务啊——呼啦一声从后面包抄上去。那人见一伙半大孩子围上来,先自惵了,便撒丫子跑起来。我们就更来劲了,真的以为那人就是特务,不然他跑什么。于是就追赶起来,一边追,还一边投掷石块。

行路人自然落荒而逃,我们就很得意,当晚的觉可以睡得很好。

但也并不总是得意,有一次真的惹了事。当我们围住一个行人的时候,他慢悠悠地从自行车上下来,从屁股后面的腰带上,掏出了一把黑亮亮的匣子枪,嘴里哼了一声,说,小兔崽子们,看清楚了,大爷我是公社派出所的李所长,你们是不是看电影看傻了?再闹腾,当心我把你们都铐起来!

便都厌了,抓着头皮,灰溜溜地回家了。多年后,我想起小说家马原的《虚构》当中的场景,那位集天马行空的牛人和精神病于一身的探险家,在一个叫作"玛曲"的麻风病村的遭遇。他看到了一个形迹可疑的"哑巴",便跟踪了他,当他潜入他的房间,在他的抽屉里发现了一把二十响的盒子枪,还有一枚青天白日徽章。当他看到这些玩意的时候,哑巴刚好回来了,他开口说:"我在这儿等你二十年了。"

我料定马原想告诉我们的,是一个与我的童年经验类似的"政治梦",也是一种特殊年代里的"政治型的精神分裂"。他小说里的头一个梦境,是与一个患了麻风病的女病人发生了性关系;第二个梦,便是梦见了这个潜伏多年的"哑巴特务",而且由于潜意识的作怪,他非但没有抓他，反倒莫名其妙地成了他的同伙。我清楚地知道，除非有和我一样精神分裂的童年，不然不会做出这样荒诞无稽的梦来。

还有白日梦。在莫言的《丰乳肥臀》中，上官金童作为反革命奸尸犯，从胶河农场被遣返回家，在村外渡口的船上目睹了一幕活剧。一位回乡探亲的战士和一个公社的干部，正在船上亢奋地谈论阶级斗争的新动向，说到最近美蒋特务的偷渡，说得兴起，便开始了自由联想。他们说美蒋特务狡猾到把发报机藏在乳房里，昨晚上村北某处还升起了绿色信号弹……而那时，上官金童失散多年的四姐上官想弟，正躲在渡船的角落里。她在四十年代的大饥饿中将自己卖身为妓，拯救了全家。流落他乡十几年之后，她终于抱着染病的身体，和一只藏着她用血泪换来的全部财宝的琵琶，回到了故土。那干部就像是在说着"梅花党案件"中的故事一般，忽然就把注意力转向了现实，转向了身边的这个陌生女人。你——是不是特务？我看你就是特务，你怀里抱着的是什么，是不是电台……

就这样，上官想弟十几年的青春、苦难和血汗，被一个患了政治梦游症的人，强行地夺走了。

而那时的少年们，也无不在做着这样奇奇怪怪的梦。

这天黄昏，就在我们试图围攻一个远远走来的人时，黑暗中，他大喝了一声我的名字。

他是我的父亲。他从自行车上下来，并没有斥责我，而是说，跟我回家,看我给你带来了什么。

回到家,他从包里掏出了一张纸,纸上印着黑体的语录,下面好像还写着什么"开展评《水浒》,批宋江运动"的指示,最后是一个带着公社印章的指标,上面写着:"限某日前到县革委办公室,领取《水浒传》壹套。"他说,你不是想看《水浒传》么,机会来了,明天我带你去县城取。我闻之欣喜若狂,知道自己终于有过瘾的书看了。那一时期,我因为读了几本红色小说而胃口大吊,觉得那些东西已不能真正满足我,于是一直盼着会得到一本真正的小说。因为之前曾零星在旧教材上读到过"武松打虎""解珍解宝"的片段,便一直渴望有机会读到更多。

第二天,父亲破天荒地带我去了趟县城。一路上的高兴就不用说了,我坐在他自行车的后架上,一路颠簸,沿着铁路边的羊肠小道,向着县城方向驶去。

在两条河之间溢洪区的洼地上,我们遇见了公社中学里的高中生们,他们正在野地里上"三防课"。说是三防,其实只是防原子弹。在我们这荒蛮的鲁北平原上,一群灰蓝衣服的学生,正随着公社派出所的李光头——他同时兼任着武装部的工作——在练习卧倒。远远地,我听见他说:原子弹并不可怕。他锐利的目光扫视了一下大家,继续说,当原子弹爆炸的时候,要朝相反的方向卧倒;卧倒时,要尽量选择低洼的地形,双手要交叉于胸前,并且把嘴巴张开……这时他看到了我父亲，因为他们是熟人，便扬手打了个招呼。

离开那片洼地，我问父亲，原子弹真的会炸到咱这儿么？父亲也茫然，说，若是真的爆炸，咱们这平原地区，没有什么遮挡，怎么防啊。趴到沟里，就能防住原子弹？不过，他又说，咱这里没有什么重要的目标，真有核战争也应该不会炸到咱们这里……

小清河大桥，我说，咱们这里有小清河大桥，还有公社大院、镇里的高中、铁木厂……父亲听了突然笑了，说，小孩子还懂这些。

那到底会不会爆炸？我还是打破砂锅问到底。父亲骑着车子，良久说，唉，说不准，但愿不会吧。你想，如果真是原子弹，那玩意一旦爆炸，方圆数百里的地方都是一片灰烬了。这种防护，不是笑话么，瞬间就都成灰啦。

是啊，父亲说得有理。我感到了隐隐的害怕，但尽量不去想它。

一会儿，翻过又一道河堤，远远看见了县城。县城里有很多好看的房子，那时我还不太懂得那些洋房子的式样，多年后，在莫斯科的街头，我终于想起了它们，明白它们是受了苏联影响的建筑。只不过，那些可能是最"简版的共产主义巴洛克"了，有简易的工农兵塑像，或是齿轮麦穗式的浮雕装饰。那些真正的原版，如今依然雄伟而孤单地耸立在那座渐显老旧的伟大城市中。

当天下午，我见到了那梦寐以求的三本书。父亲从县革委大楼里出来，把沉甸甸的一摞放到了我的手上。那时，在斜阳中我看到灰色的封皮上写着三个字：《水浒传》。父亲微笑着对我说：别忘了，这可是反面教材呵。我看到他说这话的时候，嘴角上泛起了寻常难得一见的微笑。

春梦
六解

西门之梦

序·说梦记
宝玉之梦
克劳狄乌斯之梦
贾瑞之梦,抑或风月宝鉴
浮士德之梦
宋公明与黑旋风之梦
西门之梦
解梦后记

铜簧韵脆锵寒竹,新声慢奏移纤玉。

眼色暗相钩,秋波横欲流。

雨云深绣户,未便谐衷素。

宴罢又成空,魂迷春梦中。

——李煜:《菩萨蛮·铜簧韵脆锵寒竹》

一 冒险党人的色情梦

昏黄的月光下,少女的身体在他侧面闪过,葡萄藤触到了她的发际,她轻巧地躲闪着,犹如一只体态日益丰满,却还未真正长成的母鹿。那时他嗅到了一种奇怪的气息,仿佛勾魂的仙醪,让他浑身的毛孔都张开了。

这是芳香的少女的气息,他不能自已,无论如何也难以自控。

月余前,他来到这座位于水边的庄园,究竟为什么来此,他大概自己也说不明白。他是自告奋勇来的,要找到那个长着骈指四处游荡的乡村木匠,商议起事的细节,这是能够说得出的理由。"骈指",说白了，就是六指，想想他都觉得恶心，可一想到多年前就暗恋着的这位表妹，他就捺不住摇荡的心思。恰好，他听说那位年过六旬却还疯疯癫癫的表妹夫，居然在近日不辞而别，从家里出走了。他便知道，机会来了。

四十岁的张季元，着一身白色的洋服，戴着夹鼻眼镜，就像多年之后我们在旧照片中见过的那种样子，左手端着一枚烟斗，右手里拎着一只皮箱，俨然是一副洋派的打扮。在一个阴雨绵绵的日子里，悄然来到了这座位于普济乡间的宅院。

什么理由呢，他告诉自己，也告诉他们，陆家的人，自己是来养病的。这样最好，最是妥帖。

此刻他的远房表妹——究竟这辈分是怎么论的，他也不甚了了，总之是多年前就暗自喜欢的——正值盛年，应当是在三十出头，或者四十不到的样子，恰如一朵夏日未凋的芙蓉，正有着怒放的别样风致。当然，比较俗气的比喻也可以是徐娘未老，风韵正佳。她似乎并未因为年迈丈夫的出走，而感到有什么不可抑制的悲伤；而对他的到来，更是毫无讶异地接受了。

算起来，这家伙的趣味也是够怪。而今大清将亡，到处都有仁人志士秘密起事，似他这般读书之人，本可以一技之长，而安身立命，奈何也想反清复国了。可是——反清为的是什么呢？为何他满脑子里想的，不是铲除顽朽暴政，倒是每日里心猿意马想女人呢。想想他自己都有点不好意思，赖在这个嫌远忌近、八竿子打不着的表妹家里，是何道理。可转念又想，倡建大同世界，还不是要图过好日子。如今放眼世界，周边诸国，曾被吾人讥笑的诸般奇技淫巧，新学新知，都在日益风靡；那千妖百怪，奇门遁甲般的稀奇思想也比比皆是。想这"大同"之景，除了社会变革，难道人的身体需要，孟夫子所说的"食色性也"，不能有更多解决的方式么。

他不免联想太多。想着想着，就有些泛滥了。

那表妹自然也曾暗恋他，故很轻易地他就得逞了。旧人阁楼读书处，新燕今宵啄春泥。于是他就想，这世上的人原都是一样的，欲望无处不在。所以他就敢于在这府宅之上，大讲他对于未来社会的愿景了。

那大意是：在他看来，未来社会的人们，不必结婚，至少不需为生孩子结婚；男男女女可以随意结合，无须为各种礼教而烦恼。尤其过分的是，他还说了一句，未来社会其实就是一个无须付钱的大妓院……在这番高谈阔论出口的时候，他发现自己居然时时把眼睛瞟向了这尚未成年的少女。

未成年的少女，便是十六岁的秀米。刚刚还在为月经初潮而烦恼不已。她对这位中年油腻男的举动，充满了懵懂中的反感，但对他究竟何许人也，则并未有清晰判断。隐隐地她感到，此人很不老实，月光下，他几次三番毫无道理地靠近自己，那一双贼里贼气的眼，也总在自己身上瞟着。

他想干什么呢……

喃喃，各位，此乃是格非的小说，《人面桃花》之开头的一小节。是笔者根据其大意复述的，大概齐，但绝不是抄袭原话。也许有发挥错的地方，想必格非先生不会怪罪。因为在下不是要对他的小说做评论，而主要是借题发挥而已。

真正的故事高手，从来不会按道德的常理出牌。这陆秀米本是厌恶张季元的，但那是在少女纯洁的心灵之中，她的身体则不一定。这中年男在不经意间，悄悄给她的肉身中植入了一颗种子，欲望的种子。因此那些矛盾的，匪夷所思的感受，便开始了她青春期的痛苦搅扰。这混球玩意儿，吃着碗里，还想着锅里的，霸着其娘亲，还暗地寻思着人家闺女，你道是个神马东西？

这便是"男权"中的一个古老之物——占有欲。占有无处不在，但唯有男人的占有欲是最为出格的。格非将此与早期冒险党人的政治，并不成熟甚至也绝不靠谱的世界观，嫁接起来，变成了一个"力比多 + 政治"的奇怪模型。这给了笔者启示，给我们观察古往今来的男人之梦，提供了一个切近的入口。

不过且慢，容我先介绍一下，与此有关的两个后果。一个是不久后的一个雨天，在暗娼孙姑娘的葬礼之际，陆秀米居然做了一个"春梦"，格非发挥了他善写梦境的惯常手艺，写了这少女一个似无厘头，却更见深意的梦。想想看,"暗娼之死",带给这懵懂少女的,是对性乱的深井般的想象;而她梦境的发生地,竟又是寺庙之中,是禁欲之地,佛门清净之处。如此矛盾的张力,岂非刚好喻示着她内心的困厄——欲望,理性,两者在斗争。但那时她的身体却根本不听使唤,就在那佛堂之上,她与他,那个她素来忌惮、避之唯恐不及的臭男人,竟有了难以言喻的,也无法自控的,身体的密切接触……

此其一也。其二,不久张季元被秘密杀害,本来对他绝无好感的陆秀米,因为偶然得到了他的一本日记,读到了其中许多莫名其妙的段落。那其中除了记述他与他的表妹,即陆秀米的母亲之间的亲密之事,还有大量纯属臆想的他与她之间的关系……这让女孩大为羞赧,不知所措。然而就是这些东西,冥冥之中又影响了她的终身,左右了她未来的人生之路。最终使她成了和他一样的人——变成了早期的革命党人。

这是格非所理解和重设的"历史—无意识"的隐秘构造。他试图解析出,个人动机、欲望和非理性的情绪,在社会历史的紧要关头,极其复杂的结构中,那奇妙而未可知的作用。我相信他写出了新文学以来最杰出的作品,当然,也写出了新文学中堪称妙绝的"春梦"。

沿着这一思路,笔者发现,有一条幽暗的小径,可以深入历史,以及人心之中。那里有远比历史虚无且丰富的存在,风景近乎无限。

所以,要谢谢格非。

二 "皇帝婚姻模型"

却说开篇所引这首《菩萨蛮》,乃是出自南唐后主李煜之手。李煜者,亡国之君也。中国历史上亡国皇帝甚多,但其非庸即弱,或暴虐如桀纣者,共性便都是一样的,都是酒池肉林中的至俗之物。如他这般享盛名而少讥谤者,却是甚少。因何?乃是诗名美化了他的人生,使之有了身后的哀荣。若论治国,李煜不争是个庸君软蛋;可若论辞赋文章,那就近乎千古一帝了,谁敢比试?

这词中的后主,是个文采风流之主,多愁善感的人物,用了现代的白话说,是一个地地道道的失败者。而文学,从来都是属失败者的事业。唯有失败,方有高人一等的故事,发财致富那是俗人的喜剧。唯有悲剧的人生,方能惹人悲悯,使人感喟也。

然而,将一个无能之人道德化,也断不能够。即便是长得好看,有才外加"重瞳"——与舜帝重华一样,比一般人多了个眸子——也并无免责的特权。顺便加一句,我始终没有搞明白,两个瞳孔到底好不好看,或许亦如那凭空多出来一个的骈指,能好看到什么程度?想必欧阳修也整不明白,所以他在给这重光帝作传的时候,似乎也是有犹疑的。他同时写到了他的两面性。

  煜尝以熙载尽忠，能直言，欲用为相，而熙载后房妓妾数十人，多出外舍私侍宾客，煜以此难之，左授熙载右庶子，分司南都。熙载尽斥诸妓，单车上道，煜喜留之，复其位。已而诸妓稍稍复还，煜曰："吾无如之何矣！"是岁，熙载卒，煜叹曰："吾终不得熙载为相也。"

这是说他不喜臣下过于奢靡的生活。韩熙载有才，且忠直，就想用他做宰相；可是就像他那著名的《韩熙载夜宴图》上所画，这老韩又喜欢花天酒地，家里养着一大堆姬妾歌妓，仿佛开着夜总会一般。人主一气之下，便将其贬去外任。哪知老韩亦懂知过即改，把家里的女人尽数遣去，一辆马车独自前往赴任。主子心一软，便又将他留下了。

  可是看官，你千万别以为，这主子便是一好德胜似好色之人。他那是对别人的要求，搁自己身上，就不一定了。接着这史书里就说："煜尝怏怏以国蹙为忧，日与臣下酣宴，愁思悲歌不已。"国势危困，他那里不是励精图治，勤于朝政，而是终日沉湎壶中之物，君臣们一起愁眉苦脸，不是庸弱之君又是什么。不过这好歹还说得过去，为国家而愁，便死了，也算满满的"家国情怀"。奈何传者又直书曰："煜性骄侈，好声色，又喜浮图，为高谈，不恤政事……"这便是个不溢美的说法了，眼见得是个没出息的货，日日奢靡无度，耽于声色犬马，浮华夸饰，治国无方……这些个帽子，都给戴上了。

以上均出自宋代文章大家欧阳修的手笔。在他重修的《新五代史》里，专设了《南唐世家·第二》，对李煜有此番记述。他直接将南唐二主放入了"世家"之列，根本就未曾将其当作帝王来看待。至于之前，由薛居正等编撰的《旧五代史》，则是干脆将南唐皇帝放入了《僭伪列传》之中，而且根本就没有列李煜的条目。

委不委屈呢？从文章辞赋的角度看，当然委屈；然若论治国理政，一点都不冤枉。非但不冤枉，还算得上是笔下留情了。你想，从父亲李璟，到儿子李煜，都是那胸无大志的偏安之主；彼时北面的周，乃至宋，也一样遭逢内忧与外患，若是稍许经营，以江南物产之丰，人才之饶，必不会那么快地丢了江山。你看他这字里行间，那"眼色暗钩""秋波横流"，以及"便谐衷素"和"魂迷春梦"，活脱脱都是风月场景；更不必说"纤玉慢奏""云深绣户"之类，更是暧昧的隐喻，地道的靡靡之词。

焉有不败啊。

而且场面之大，不说古今罕见，那也堪称盛极一时。看看这首《木兰花·晓妆初了明肌雪》，怎么写的，比那老韩熙载，可不是一个档次。

晓妆初了明肌雪，春殿嫔娥鱼贯列。凤箫吹断水云间，重按霓裳歌遍彻。临春谁更飘香屑？醉拍阑干情味切。归时休放烛光红，待踏马蹄清夜月。

熙载兄那充其量，是歌妓充数，多是外面找来的野女人；而后主这盛大阵容，则是皇家歌舞团，更兼后宫亲友团的架势，是御用的自家女人。你道皇帝是白当的，自古就为了这人主大位，多少杀伐征战，又几番血雨腥风，为的就是这"率土之滨，莫非王臣"的王位啊。想要谁是谁，想要多少是多少。

而且还要尽夺他人而后快，"东风不与周郎便，铜雀春深锁二乔"。当年曹操百万大军挥师南下，"舳舻千里，旌旗蔽空"，往好了说，是为扫平六合，成就一统大业；往私处说，也还有这不太登得上台面的"个人动机"——是要夺人之妻为己所用。他魏武帝爱的，据说还有这一口。

不一样的例子来了。若说李后主是亡国之君，那曹阿瞒便是安邦定国的枭雄；一个是庸君，一个是文治武功的雄主，几近大魏的开国皇帝。但那毛病也只一个，就是喜好女人。喜好则不止，这魏武曹氏还挺变态，用坊间的话说，是个"好人妻"的主儿，专一爱夺别人的媳妇儿。这毛病当然不能见于正史，可野史中总是记得生动别致。先说这《世说新语》中，《假谲》篇里所载，说阿瞒"年少时，尝与袁绍好为游侠。观人新婚，因潜入主人园中，夜叫呼云：'有偷儿贼！'青庐中人皆出观，魏武乃入，抽刃劫新妇。与绍还出，失道，坠枳棘中，绍不能得动。复大叫云：'偷儿在此！'绍遑迫自掷出，遂以俱免"。大意是，阿瞒曾和袁绍一起玩侠客的游戏，玩过了，就耍恶作剧。

看到人家娶媳妇，两个于窗下偷听一阵之后，还不过瘾，便谎称有贼，引新郎从洞房里出来后，阿瞒便拿刀入内，把新妇劫了。不料回路上陷入草莽中，俩人跑迷路了。袁绍蠢，走着走着还被荆棘缠住了，动弹不得。情急中，阿瞒又大喊，这里有小偷哇。袁绍窘迫之下，奋力挣脱，两个人便都跑掉了。

这说故事的也是，只顾夸魏武机智诡诈，倒忘了说那新媳妇的事了。到底后话如何，两个坏蛋有没有占人便宜？若只是纯然的恶作剧便罢，若是野地里又行了歹事，那就忒不是东西了。

这只是个开头，自幼便有前科，到后来得了权势，更一发变本加厉了。当然，此是野史所记，正史一般不录也。但在东晋裴松之所注的陈寿的《三国志》中，注者也不失时机用些侧笔，在何晏、张绣、关羽列位的传录中，伺机设些埋伏。《何晏传》中说："晏，何进孙也。母尹氏，为太祖夫人。"接着裴注又引了《魏略》中的话说：

> 太祖为司空时，纳晏母并收养晏，其时秦宜禄儿阿苏亦随母在公家，并见宠如公子。苏即朗也。苏性谨慎，而晏无所顾惮，服饰拟于太子，故文帝特憎之，每不呼其姓字，尝谓之为"假子"。

按，这《魏略》是魏时一个叫作鱼豢的人"私撰"，属早已散佚之书，无法确证。但裴松之为东晋人，相去不远，应不属讹传，不表。单说何晏家世显赫，乃灵帝时的大将军何进之孙。作为陛下的大舅哥，灵帝在日，何进权倾一时；灵帝崩，则为宦官张让等所害，致董卓进京，天下祸乱。后曹操挟天子而令诸侯，当上司空时，闻何家儿媳尹氏美貌，便迎娶之。司空者，周代所设"五官"之一，与司马、司寇、司士、司徒并列，主管的是水利和营建，相当于工部之职。汉末时，司空相当于御史大夫的角色。曹操名为司空，实则已权倾朝野。这尹氏自带一个儿子，便是何晏。何晏长得唇红齿白，宛若女子肌肤，曹操爱得不行，也一并收为养子。然何晏生性放诞，穿衣打扮一点也不比太子低调，因此世子曹丕就特烦他，见了就喊他"假儿子"，比个"龟儿子"好听不到哪去。请注意，是时曹操还有一个养子，便是阿苏——阿苏即秦朗，也被他喜欢得不行。秦朗是谁？乃是吕布的部将秦宜禄的儿子，怎地辗转又成了曹氏的儿子呢？裴注之《三国志·关羽传》中，引《蜀记》中话说："曹公与刘备围吕布于下邳，关羽启公，布使秦宜禄行求救，乞娶其妻，公许之。临破，又屡启于公。公疑其有异色，先遣迎看，因自留之，羽心不自安。"《蜀记》为东晋史家王隐所作，裴注多引之，亦不表。

然明白人看到此，恐已喷饭了，这曹公之爱人妇，确乎是到了无规矩的程度。还说待关云长恩重如山，人家想讨个老婆，先自看好了人，他也应承过了，但一看长得俊俏，便又食言占先了。

此虽不算夺人之妻，但也很不够意思。若真有此节，关大侠华容道上就不该放他。

曹操的这种事儿太多了，当初征讨南阳宛城的张绣时，张绣本已降了，奈何他一见人家婶母，才亡不久的骠骑将军张济的妻子，当晚便逼迫人家陪其枕席，遂惹恼了张绣，使他再度反叛。《三国志》卷八中说："太祖纳济妻，绣恨之。太祖闻其不悦，密有杀绣之计。计漏，绣掩袭太祖。太祖军败，二子没。"可见，为女人，曹操也是个顾头不顾腚，不惜坏大事和名声的主儿。

三　西门淫史简编

> 月落花阴夜漏长，相逢疑是梦高唐。夜深偷把银缸照，犹恐憨奴瞰隙光。

如此美艳的诗句，不让于姜夔柳永周邦彦，或是更早些的后主韦庄冯延巳们。然这可不是良家男儿与闺中淑女间的朝云暮雨，亦非风流雅士与勾栏才女间的彼此唱酬，乃是小市民版的偷鸡摸狗。是西门庆逾墙而来，偷了邻家女人，他的结义兄弟花子虚的老婆——李瓶儿之后，留给那痴心女子的相思煎熬。在作者看来，其中大概混了少许的羞赧，更多的，则是轻浮。

亏他兰陵笑笑生，倚仗诗才，便这般挥霍。岂不闻明月临渠，鸿爪践雪,在他这里便是乱把好句送人,糟蹋东西了。不过列位再想,古今凡逾墙者,即便分什么身份贵贱,好歹品行,骨子里也还不都是一般模样。因此他那里矮化一下,还原个小市民家的嘴脸,也似无不可。

所以,笔者前番先从王侯之家说起,为的是先标杆立范,再说到这市井人家,便有比照了。窃以为,这个不计贵贱、根深蒂固,似无处不在的东西,或可以给个别样的说法,造个词儿——叫作"皇帝婚姻情结"。简言之,便是男人的一个性别优越权。不只包含了两性间的权力或伦理优势,同时还包含了占人妻女而不计其多的贪。因此,历来的文学作品之中,这"一个男人和多个女人的悲欢离合"的故事,便不可胜数。从皇家贵胄,到绅士财主,从文人雅士,到市井流氓,无不是一个德行;从《金瓶梅》到《红楼梦》,也无不是同一个模子里刻的。

此话有无道理,读者自去判断。这会儿,咱们先到西门庆家瞧瞧。

这厮,本居清河县内,但手可伸得老长,长至京师蔡大人府上,提督杨戬那儿,均有些"涎脸的"瓜蔓子关系。然毕竟不是王公贵胄,虽僭称"西门大官人",总是虚头巴脑,算不得一顶像样的帽子。在被蔡京拔擢,做了"山东提刑所理刑副千户"的虚职之前,在官府中人看来,顶多算是个帮闲买办,拉皮条的货色。就像当初鲁提辖所骂的郑屠,不过是个"腌臜泼才","狗一样的人,也叫作镇关西"。

可即便算不上官人,他也一样地做梦,做那般妻妾成群的男人梦,屌丝版的"皇帝婚姻之梦"。

至此，便是言归正传了。虽说那竹坡先生，出于其年轻意气，从"发愤著书"的高度，给了这书以崇高评价，但在笔者看来，为了证明一本小说的伟大，犯不着一定要将其道德化。自古写情色和风月笔墨，虽是文学的险地，但也是常态。伟大小说的某个特权，也许就是可以涉笔风月，且不惮于污秽。而反过来说，也不必非要把风月笔墨，作道德化的转喻，以勉为其难。道深兄见解虽卓然于众人，但迫于时世，他还是未能免俗：

> 此仁人志士，孝子悌弟，不得于时，上不能问诸天，下不能告诸人，悲愤呜唈，而作秽言以泄其愤也……解颐而自快也。夫终不能一畅吾志，是其言愈毒，而心愈悲……

列位，古来凡仁人志士，表达志向的方式有很多，非要"作秽言以泄其愤"，便好比是说放火剪径不算犯法，奸人妻女只为表达对上天的不满与愤怒罢了。这是不是有点儿强词，且逻辑混乱的嫌疑。若真要为作者辩护，那么具体的那些个秽言丑事，便不要声张为好，而竹坡先生偏要来个"细读"。比起那些"新批评"家们来，还要针脚密实，甚至用了统计学的方法，将西门庆所染指过的女人，一一开具出名单。

西门庆淫过妇女：

李娇儿、卓丢儿、孟玉楼、潘金莲、李瓶儿、孙雪娥、春梅、迎春、绣春、兰香、宋蕙莲、来爵媳妇（惠元）、王六儿、贲四嫂、如意儿、林太太、李桂姐、吴银儿、郑月儿。

意中人：何千户娘子（蓝氏）、王三官娘子（黄氏）、锦云。

这是皋鹤堂本的《张竹坡批评第一奇书》，其文前所列《杂录》中的一部分。列位须留意，其中并未包括西门庆的原配妻子陈氏，后补的正妻吴月娘，若干丫鬟下人；另外，其日日去"院里"搞过的那些娼家女子，也未计算在内。

若单从逻辑上讲，这竹坡兄，就算是自相矛盾了。既属辩护，便要避开这些赤裸裸的"毒言"。他偏不，并且还说，这开列名单的动机，是欲"令看者伤心惨目，为之不忍也"。好吧，吾不与他较劲，只是担心，他如此高尚的诉求，不会为读者所接受，而是反有"诲淫"之功了。知道的，他是在历数那欺男霸女的孽业；不知情的，还道是在为那混球的得计而张目呢。若非最终让西门庆死于纵欲，此书的最低合法性，也属千钧而一发了；而即便让其主人公死，这"训诫"之意的代价，依然大得不行，他的欲望之路的险毒，也已然贻害无穷。

唉，罢了，咱们还是避开这些争执，来看看西门庆"拟皇帝婚姻"

的构造过程,以及那夺人耳目的阵势如何。

小说开篇所讲,乃是"热结十兄弟"的场面,有了这番阵仗倚靠,西门庆方能成为一方势力,就此可以甩开膀子大干了。

起始时,这西门已经死了正妻陈氏,另娶了吴千户的月娘填房,尚算不得是通常意义上的"三妻四妾"。作者说,这月娘贤能,对老公只是言听计从,房中的三四个丫鬟,也都被男主"收用过"了。除此,便是勾栏内的李娇儿,也因打得火热,干脆娶来做了二房;"南街又占着窠子卓二姐,名卓丢儿,也包了些时,也娶来家做了第三房"。想必这"窠子"与"勾栏""院里"都是一回事,只是规模潦草,且小了点罢。注意,除了正房,都不是什么良家妇女,且都不是十分称意。

于是有了潘氏。这段苟且媾和的戏,是明目张胆地"抄袭"了《水浒传》中的多回情节。放在现今,恐得惹出笔墨官司来。幸好这笑笑生也是机巧,人家是用了"改写"的笔法,"解构主义"的策略,颠覆了原作的叙述。用美国人希利斯·米勒的说法,是叫作"寄生性写作",即改写者作为寄生体,以寄居方式"葬送了寄主"。这样,"抄袭"就不再是低级的复制,而是摇身一变,成了解构主义的创造,就很高级了。

笔者要说的,是西门氏的节奏。在得了潘金莲之后,他网罗女人的速率,就明显地加快了。第七回得了寡妇孟玉楼,同时得了一大笔资财；之后，又"梳笼"了雏妓李桂姐；乘花子虚官司之危，得了其妻李瓶儿。这一节可谓十分关键，西门庆得数千两银子不说，白得了与其相邻的花家大宅，其势力不啻扩张了一倍。其间，西门还收用了丫鬟春梅，稍后又得了奴才来旺的老婆宋蕙莲，包占了手下伙计韩道国的老婆王六儿……这一过程中，他可谓节节攀高，人财两旺，屡屡得手。虽说中间也遭遇了蔡太师被参劾，杨提督被革职的事件，但好在未曾真正殃及他的家业。而且稍后，他还因多番孝敬贿赂，而得被蔡氏拔擢，给了个"左所副千户，山东提刑所理刑"的虚衔名头，成了真正的"大官人"，致使他更加有恃无恐，变本加厉。至三十回，他已然完成了人生中堪称精彩的发家历程，所谓屌丝逆袭。

之后的那些占人妻女的粗丑之事，不说也罢。借了第六十一回中潘金莲的话说——便是一"贼没羞的货"罢。须知这潘五儿也不是什么有底线的人，偷鸡摸狗在她那儿，都属家常便饭。不但与小厮琴童脱裤子，与陈女婿玩劈腿，在西门丧命的当天就与敬济上床，可她也受不了其男人的这般轻薄浮浪。当西门庆搞完王六儿，又来招惹她时，便一顿如此这般的抢白。话说得刁泼，但却将西门的短儿，尽行揭破了："若是信着你意儿，把天下老婆都耍遍了罢。贼没羞的货……你早是个汉子，若是个老婆，就养遍街，合遍巷！"骂得那西门庆眼睁睁的，还不了口，只是笑。

四 "多妻制"的解释法

在《家庭、私有制和国家的起源》一书中，恩格斯曾坚定地说，一夫一妻制的婚姻，是私有制的产物。其实，一夫多妻制的婚姻又何尝不是。

有人说，是基督教赋予了西方人以一夫一妻的观念，而亚洲人和其他地方的人，便不一定。这话有理，至少在吾国人这里，有史以来，便不存在当然的一夫一妻制，即使是至贤至孝的舜，也有两个妻子。《史记·五帝本纪》中说，因为舜的贤孝，四海举荐，"尧乃以二女妻舜，以观其内"，一下嫁给了他两个女儿，看看他能不能处好关系——用先前《礼记·大学》篇中的话说，便是如何"齐家"。

我确信这是个坏的开头，是给了多妻制婚姻以一个先天的合法地位。自此，不唯帝王家有了特权，其他有权有势的男人，也都有了效仿的坏榜样。

比司马迁稍晚个七八十年，刘向在其《列女传》中，对此又做了补充描写。舜每每被其昏爹、继母，还有那位异母弟弟象来使招加害，一会儿让修房，一会儿叫挖井，一会儿又被不怀好意地灌酒，舜每每都要与二位贤妻通报商量。而妻贤无有不从，这使舜在艰难生存中坚守了孝悌，而她们二位亦毫无怨意。尧帝知晓，自然十分满意，于是决定传之大位,"舜既嗣位,升为天子,娥皇为后,女英为妃。""天下称二妃聪明贞仁"。后来,舜在巡视南方途中,死于"苍梧之野",两个妻子闻讯赶来,亦死于长江与湘水之间。

末了,刘向还以诗赞曰:"元始二妃,帝尧之女,嫔列有虞,承舜于下,以尊事卑,终能劳苦,瞽叟和宁,卒享福祐。"大意是,这史书中最早的二位妃子,作为高贵的公主,能够服侍起于贫寒的舜帝,不唯经受艰辛困苦,还能和睦其家,让他那不晓事的爹,也能够安享人世之福。

显然,没有任何人怀疑多妻制的合法性,在远古的叙述中,它就已变成了美谈。之后,关于帝王之三宫六院七十二嫔妃的待遇,更有了礼制意义上的界定。同样成书于西汉的《礼记》,其中有《昏义》一篇,明确说道:

> 古者天子后立六宫、三夫人、九嫔、二十七世妇、八十一御妻,以听天下之内治,以明章妇顺;故天下内和而家理。天子立六官、三公、九卿、二十七大夫、八十一元士,以听天下之外治,以明章天下之男教;故外和而国治。故曰:天子听男教,后听女顺;天子理阳道,后治阴德;天子听外治,后听内职。教顺成俗,外内和顺,国家理治,此之谓盛德。

这《礼记》的作者，是有着"小戴"别称的汉代大儒，名戴圣，曾与其叔父戴德，同学于西汉经学家后苍，分别著成了各自的《礼记》，世称《大戴礼记》与《小戴礼记》，叔侄同为儒学之宗。只因为东汉的大学问家郑玄重视小戴之作，且为之作注，而使之格外显赫；大戴之《礼记》，便从此长期被冷落了。

此都属题外。但可以说明，在吾国，一夫多妻的婚制，是男权社会的重要典秩，乃事关家国治理的"盛德"所在。你奈其何？

怪不得连晚清民初的辜鸿铭，也还在鼓吹这旧制的合法性。民国初，沐新文化之风，国人已渐接受了新式婚制，然这留洋欧洲十数载的海归，当着北大教授，也还留着清人之辫子，且盛赞着皇帝的辛苦，宣教着"茶壶与茶碗"之说。在他看来，敢情皇帝老儿夜夜翻牌，忙活于恁多妃子之间，原也是为了"听天下内治"，"以明章妇顺"罢。说白了，就是更好地体悟家庭伦理，详察内务管理之道也，是先行"齐家"，后以治天下也。这"苟利国家生死以"的美事，非"盛德"之谓，又何以赞之？

瞧瞧，这般高尚使命，使天下之男，焉有不群起而效仿之理。一旦群起学习，岂非四海大同，天下归仁焉。

读了辜先生的书，会明白很多，从小戴到老辜，都是同样观点：男教女顺，约定成俗，外内和谐，家国昌兴。如此通达精妙之理论，皇帝老子听了，如何不龙颜大悦；达官贵人闻之，又如何不赞其深谙大体？

西门庆家，自然也是这典章礼制的模范贯彻者："后听女顺"与"男教外治"，委实配合默契。作为长房正妻，一应财物，统抬至月娘屋里，且由她协调和管理家中的众多女人。尽管实际上多数时候，她懒得管这些闲事，但地位还是明确的。而作为唯一主政家长的西门庆，则具有管理的全权。他之地位，活像桀纣之君的缩微版，其治家的方式主要是两种：一、小恩小惠安抚；二、马鞭子伺候。之外，还有擅长的一招，就是性虐。当然，作者在写这一点的时候，是采用了"降维"的手法，剔除了可能的伦理含义，而只剩下了动物性。女人全部变成了淫妇式的性奴，或者性奴式的淫妇。为了西门庆那点儿雨露——性权利的分摊，而不惜争得头破血流，全然不顾脸面。

然而什么事也都可做两面的分析，干吗非要从负面来看呢。辜老师是一个好例。他为向西方的朋友们解释清楚中国的妇女问题，可谓是呕心沥血。他说，尽管不容易谈，他还是要努力宣讲，将这"危险的问题"——纳妾之事，做正能量的转圜。他尽量气定而神闲，理直而气壮地说，这并非是通常人们想象的那样，是"一个不道德的风俗"。

问题还不在于别处，辜老爷子认为，这是"中国妇女的那种无私无我"的禀赋所决定的，你不这么办，首要的，便是违拗了广大妇女的意愿。他说，"按照中国的法律，一个男人是只能娶一个妻子的，但他却可以纳许多妾或丫头，只要他乐意"。敢问，全世界有这么"顺天应人"、可以无限变通的法律么？居然与风俗、与男人的愿望，是如此交织相融，毫无抵触。接下来，他还以日本的婚制为佐证，进一步论述了这制度的合理性：

在日本，一个侍女或妾被称作"te-kaki"（一个靠手）、"me-kaki"（一个眼靠）——这就是说，当你累了的时候，手有所触摸，眼有所寄托。我说过，在中国，理想女性并不要求一个男人终其一生去拥抱她和崇拜她，而恰恰是她自己要纯粹地、无私地为丈夫活着……正是妻子的那种无我，她的那种责任感，那种自我牺牲的精神，允许男人们可以有侍女或纳妾。

哈哈，这道理讲得，是不是够邪性——说难听点，是不是有点厚颜而无耻，但这可不是土豪或街痞，而是正经八百的遗老，一位被认为是真正懂得西学的学问家。在辜老看来，中国的男人这么办，是出于无奈。男人纳妾和"收用"侍女、"梳笼"粉头，都是顺带手以满足妇女意愿的。这么做，非但不是出于自私，而且还是一种"牺牲"。他说："在中国，那些辛辛苦苦支撑家庭的丈夫们，尤其是当他是一个士人的时候，他不仅要对他的家庭尽责，还要对他的国王和国家尽责，甚至在对国王和国家服务的过程中，有时还要献出生命，这难道不也是在做牺牲吗？"

我不知道，若是性子冲点儿的北京丫头，会不会开口骂一句"你大爷的"。再强词的逻辑，也不是这么个论法。但我们的辜老爷子，还是一意孤行，他先是为皇帝辩护，认同康熙爷临终所表白的，他直到咽气时才真正明白，"在中国做一个皇帝，是多么大的牺牲"——恕在下学问不济，查了多时也没有找到原话和出处——然后，他又用了绝大的篇幅，来论证这女人的"无我"，以及男人的高尚。他把中国人的生活方式，特别是男权占据绝对地位的家庭构造，如小戴一样，强行地道德化了。他说，一个纳妾的中国男人或许有自私处，但也比西方人混乱的男女关系强，因为中国男人"至少提供了住房，并承担了他所拥有的妇人维持生计的责任"；而那些将妇女玩弄之后，又弃之于大街的欧洲男人们，不仅是自私的，"而且是些懦夫"。（以上所引均出自辜鸿铭著：《中国人的精神》，海南出版社1996年版）

夫复何言，白纸黑字，辜老师的话历历在目，读者自去评判。我只是觉得，在他老人家心目中，也是缺少些"文化自信"的罢。在欧洲待了那么多年，也读圣人之书，奈何晚节如此不保？说点别的什么不好，哪怕纯然对欧洲文化做些批判，也显得有几分华人的骄傲，非要为这臭名昭彰的男权多妻主义而张目，岂不有点糊涂和可怜。

可见，文化上的民族主义，也不见得总是个好东西。

五 西门之"盛世繁华梦"

举止从容，压尽勾栏占上风。行动香风送，频使人钦重。嗏！玉杵污泥中，岂凡庸？一曲宫商，满座皆惊动。胜似襄王一梦中，胜似襄王一梦中。

此乃是《金瓶梅》第十一回，"潘金莲激打孙雪娥，西门庆梳笼李桂姐"中，那个初出茅庐的勾栏女李桂姐儿所唱。不消说，这头牌的口气，自然是指她自己，形容其不陷污淖的洁净。而今得遇贵人，定会令其印象深刻，不白花银子。

"胜似襄王一梦中"——当然是对西门氏的一个提示，一个鼓舞，也是阿谀。可惜这没文化的"贼囚根子"，号称"嘲风弄月的班头，拾翠寻香的元帅"，毕其一生，大约也不晓得宋才子和楚襄王到底是哪国人也。但他的梦，却应是一个模样的无疑。

其实气象已经出来了。此一回中，西门氏已然开始了发迹之路，门店接连扩张，妻妾渐已成群。这个过程，对他这样一个混混来说，是足称梦幻的。作为一个父母双亡，其实并无根底的街痞，用"交了狗屎运"来形容之，也不为过。想当初，他央求王婆说光，容留他一双狗男女行苟且之事，所出的价钱不过十两银子，也枉称"泼天的富贵"！然至四十二回"逞豪华门前放烟火，赏元宵楼上醉花灯"时，已足称富甲一方，财比邓通了。此一回中，元夕之夜，事业蒸蒸日上的西门氏，携三妻四妾，勾揽着属下的老婆，为了炫耀其无量富贵，施放了一场盛大的烟火。

好比是《红楼梦》中"元妃省亲"一节，其极尽奢华，为的是宣示《好了歌》中所唱，那"陋室空堂，当年笏满床；衰草枯杨，曾为歌舞场"的逻辑。这陋空衰枯，自是多年之后的事，而今则是，"脂正浓、粉正香"，"金满箱，银满箱"，"红灯帐底卧鸳鸯"，哪管得了那么多？

仔细看哦，这曹雪芹，原也是笑笑生的学生，一对便知，都是从《金瓶梅》中脱胎而出。那开篇的诗中，便有"豪华去后行人绝""月照当时歌舞处"的句子，随后，便是那一番财色与空破的说教。至于后面，那"堆金积玉，是棺材内带不去的瓦砾泥沙；贯朽粟红，是皮囊内装不尽的臭淤粪土；高堂广厦，玉宇琼楼，是坟山上起不得的享堂；锦衣绣袄，狐服貂裘，是骷髅上裹不了的败絮……"的说法，不争便是《好了歌》的前世了。

打住，打住，从这个角度，话便不容易收住了。在下要说的，是这《金瓶梅》所写，乃同为一场世间的繁华梦，是一个俗恶男人虽不上档次，却也真实而不造作的梦。若是不带道德预设，亦不存美学偏见，尤其在中年之后再读，便有胜似后者的感叹。故张竹坡还是有些道理的。

怎见得那场烟火的繁盛？

一丈五高花桩，四周下山棚热闹。最高处，一只仙鹤，口里衔着一封丹书，乃是一枝起火，一道寒光，直钻透斗牛边。然后，正当中一个西瓜炮迸开，四下里人物皆着，膂剥剥万个轰雷皆燎彻。彩莲舫，赛月明，一个赶一个，犹如金灯冲散碧天星；紫葡萄，万架千株，好似骊珠倒挂水晶帘。……楼台殿阁，顷刻不见巍峨之势；村坊社鼓，仿佛难闻欢闹之声。货郎担儿，上下光焰齐明；鲍老车儿，首尾迸得粉碎。五鬼闹判，焦头烂额见狰狞；十面埋伏，马到人驰无胜负。总然费却万般心，只落得火灭烟消成煨烬。

谁敢说，这不是一场古装版的"运河印象"，或是民间版的"大宋盛世繁华梦"？现实中的西门庆，在清河这小天地里，已然是无人可及的首富，无冕的王。上有蔡太师撑腰，下有十兄弟站台，身为提刑所的理刑官，家里开着医药连锁店，还有纺织品的"商贸集团"，财富水平早已自由，上升空间尚有无限，可谓前呼而后拥，富贵无敌手。

而且作为男人，他已高调至极：腰缠嫖赌之资，袖藏专业器具，口含胡僧药，下带淫器包，每日里抱玉拥香，所到处拈花惹草，作势张致，到了十足"胀包"的地步。就在这元夕赏灯之夜，亦不避亲友属下，晾着他众多美妾娇妻，亦不忘乱来一番，与那韩道国的老婆王六儿,趁乱偷摸,足足"干捣"了两个时辰。

已然是梦中之人。一时半会儿的,他不会醒来。何时醒?命已定,一旦梦醒一场空。"当时歌舞人不回,化为今日西陵灰。"开篇所引的诗,都说到点子上了。

忽想起,西门氏若有个前世,那应是谁?似有无数候选原型,但又都似是而非。若说登徒子之流,他不够格,因为没文化;是前述的李后主?他不配,因为他无才;武皇帝?更不及,因为他本就是一屌丝。那到底是谁,说来说去,顶多就是太史公笔下,类似《佞幸列传》中的那般人物,身无长物,只靠吮痈获宠,因之有意外之财,泼天富贵。然天意所定,最终会一朝散尽,人财两空。只可惜,太史公的笔法过于简约了,未曾写到他那宠极一时、红得发紫的细节状貌,以及糜烂又张致的私生活。所以,仅比邓通,也似不够,不像。

那究竟谁当得起这原型?还是多个的相加,拼凑而来的货色,如此更显恰当。用那王婆的话说,便是"潘驴邓小闲"的混杂。"潘"自然是潘安的貌;"驴"是下三路的家伙儿;"邓"是用不完的钱财;"小"便是小人,宵小,"乖狗才",是能屈伸,善变脸,见人说人话,见鬼说鬼话的货;"闲"便是闲才,是游手好闲的闲,无事生非的闲,死乞白赖和软磨硬泡的闲。这五个加起来,才是西门氏的五行,其前世与今生的贱材料。想那王婆,除了潘和邓,也找不出合适的人,只好把那诸般俗与恶的禀性加以囊括,做了这般精彩的描摹。

述前身，知乎不易，可要说来世，那便太多了。从最小处说，开篇在下所述，那位格非小说中的张季元者，庶几算是一个。但那到底只是幽魂魅影的附身，捕风捉影的沾边罢。作为无意识，它只是"冒了个泡泡"而已，尚无条件得逞，或是压根没有那么大的孽缘罢——如同你我，这些普通人身上的微恶一样，只是黑影一闪。

所以，除非上天造孽，不会有这般今世的现身，那些堪为极致的例子。不说别的，就刚刚还在刷屏的一位，便足以称得上是西门的再世，外加"8.0 的升级"。若是西门氏天上有知，定会惭愧不已，叹人外有人，天外有天也。

此人是谁？姓赖，名则路人皆知，吾不具也。网上八卦，在下自不敢看，所依凭据，皆是官方新闻中说，是正版报道。此人生于 1960 年代，年届五十时，受命担任一国有资产管理公司之职。数年中，该公司由亏转赢，且很快跃居国企 500 强，排名还相当靠前。照理说，此人不简单，算经营有术，不管其经济行为是否依规合法，至少在不太长的时间里，为企业赚取了这么大的利益和资本，自属能人也。受些奖励，应不为过，然而问题就在于，一朝案发，吓死胆小之人。他非法所获的个人资产，居然达到了 17.88 亿元，这一数目，恐惊掉许多人的下巴也。另外，多少处房产，许多辆尘封的豪车，就不计了，据说他还有几处专门存放现钞的房屋。从那网上的照片看，整齐的铁柜里，码放着十万一捆，共 2.7 亿的现钞，重量就达三吨。

这数额，胜过不发达地区，多少个县市的财政资金。

算不算邓通再世？如果这吓不到你，也罢；那他养了一百多个情人呢，难道没有惊得你屁滚尿流？消息说，人家的管理与平衡术，远超现代人的想象力，如此多的女人，从未泄露消息，彼此和谐相处。在某地开发的一个小区里，每人一套，此公晚间散步，随便到谁家，都可以过夜。这阵仗，据说可与当年的晋武帝司马炎有一比，叫作"羊车望幸"。

多到靠翻牌都难，举棋难定。怎么办，干脆抓阄，抓阄也麻烦，不如乔张做致，赶个羊车，停到哪里算哪里，由畜生说了算。

便是西门庆，也算是小巫见大巫了，还不快跪了。

六　西门庆的浪漫一刻

但西门氏也有浪漫一刻，他也有春梦。

《金瓶梅》第七十一回"李瓶儿何家托梦，提刑官引奏朝仪"，便讲述了这番凄婉的相遇——虽说"凄婉"二字，用在他这里也是糟蹋东西，但别无合适的形容。何况这是与亡者，他众多妻妾中，单单那一位知疼冷热的李瓶儿的梦中幽会。用竹坡的话说，西门是"混账恶人"，月娘是"艰险好人"，金莲"不是人"，而瓶儿是"痴人"。痴人说梦，瓶儿自然在书中是与梦最多瓜葛的人。

西门庆做这春梦，在笔者看，有个心理基础。此前，他才获升迁，原先那个副千户理刑事，被提拔为正千户掌刑了，如何不喜。且要去东京参加考核，面见皇上。实话说，他发自内心地也在做梦。等到得东京，看到那梦中一般的巍峨皇宫，达官贵人们接天蔽日的车辇仪仗，那繁华阵势，哪里是他一土鳖所见过的。因此上，这番内心的刺激和震动，也带来了兴奋，与些许的不安。

这一日，他借居于何太监家，与新任的副理同僚何千户永寿，也即何公公的侄儿，谈完了清河购房之事，夜宿其宅。便有了此梦。

初时，西门庆脱衣睡下，因带了酒意，"见满窗月色，翻来复去。良久只闻夜漏沉沉，花阴寂寂，寒风吹得那窗纸有声"，是有点儿想家了。忽听见窗外有妇人低声说话，便趿拉着鞋袜，悄悄开门，看见李瓶儿"淡妆雅丽""衫笼雪体"，"轻移莲步，立于月下"——

西门庆一见，挽之入室，相抱而哭，说道："冤家，你如何在这里？"李瓶儿道："奴寻访至此。对你说，我已寻了房儿了，今特来见你一面，早晚便搬去了。"西门庆忙问道："你房儿在于何处？"李瓶儿道："咫尺不远。出此大街迤东，造釜巷中间便是。"言讫，西门庆共他相偎相抱，上床云雨，不胜美快之极。已而整衣扶鬓，徘徊不舍。李瓶儿叮咛嘱咐西门庆道："我的哥哥，切记休贪夜饮，早早回家。那厮不时伺害于你，千万勿忘！"言讫，挽西门庆相送。走出大街上，见月色如昼，果然往东转过牌坊，到一小巷，见一座双扇白板门，指道："此奴之家也。"言毕，顿袖而入。西门庆急向前拉之，恍然惊觉，乃是南柯一梦。

但见月影横窗，花枝倒影矣。西门庆向褥底摸了摸，见精流满席，余香在被，残唾犹甜。追悼莫及，悲不自胜。

看官哦，这梦如何？虽比不得宝玉梦游，贾瑞梦淫，但也堪称经典了。众妻妾中，不唯瓶儿早夭，且还为之生了头个儿子官哥儿，官哥儿早亡，也是西门氏心头之伤。更何况，再早时，这瓶儿还给他带来一个偌大家业，虽曾遭冷落，也依旧真心疼他恋他，死心塌地，这在他的女人中，几乎是唯一。难怪张竹坡说她是个"痴人"，西门庆虽是个混账，没心没肺之人，但每每想起，亦不谓不痛。

所以，这记忆便成了西门氏的"创伤"，一旦他面临人生大事，便会不由想起，不能自已。于是，此梦也便是他真实心迹的流露了。

结尾处，自然比《红楼梦》来得直率，那身下褥底的秽物，可证此梦的真切。

另外，此梦也可以看作是对十七回中，李瓶儿思念西门庆之春梦的回应。这是伟大小说家独有的精细。那一回中，西门庆是摊上了事儿，他在朝廷的后台，提督杨戬被宇给事参倒，慌得他手忙脚乱，急于上下打点，息事销赃。早把娶瓶儿的事忘得一干二净。这妇人见不到人，便得上了思虑症。

> 盼不见西门庆来，每日茶饭顿减，精神恍惚。到晚夕，孤眠枕上辗转踌躇。忽听外边打门，仿佛见西门庆来到。妇人迎门笑接，携手进房……绸缪缱绻，彻夜欢娱。鸡鸣天晓，便抽身回去。妇人恍然惊觉，大呼一声，精魂已失……自此梦境随邪，夜夜有狐狸假名抵姓，摄其精髓。渐渐形容黄瘦，饮食不进，卧床不起。

还得服膺这笑笑生的手笔，人家写女人的心理，才叫一个精细入微。这瓶儿刚死了男人，把余生和家产，全都押给了西门庆，实指望能娶进门来，白首偕老，哪知一去，泥牛入海，全无消息。加之，她原先的男人花子虚，是个不着家的主儿，于男女之事上也是个草包，不曾让老婆满意；而西门庆则长于床笫之事，教妇人如何不失魂落魄，朝思夜想？

是为写梦之妙笔也。

《金瓶梅》中，共写了多少个梦？有人说有十数个，依笔者粗计，恐还要多些。当然，是指靠谱的，那些有具体内容和细致描写的梦。其中西门庆至少有四次做梦，都与李瓶儿有关。第一次是六十二回中，梦见他家藏的六根玉簪，折了一根，预示李瓶儿的凶兆；六十七回中，西门庆梦见死去的瓶儿，向他诉说别情，嘱他珍重；第三次，就是这次京城羁旅中的春梦；七十九回，他在命悬一线中，梦见花子虚和武大前来讨债。

其他是几个次要人物的梦。六十二回中，应伯爵来与西门叨叨梦见李瓶儿的凶兆；八十八回中，陈敬济与庞春梅分别梦到潘金莲的亡魂，因为身首分离，曝尸街市，而求他们安葬。

至于武松梦见哥哥冤魂，原是照抄《水浒传》中，不提。

再有，便是月娘之梦。她在七十九回中，西门将死之时，梦见大厦将倾；一百回结尾之时，又梦见自己被云理守强逼，要结为连理，而西门家的命根子孝哥儿，又被姓云的一刀砍死。这在小说中，可谓起到了重要的关节意义。

某种程度上说，是月娘的梦境，将小说的故事进程寓言化了。《红楼梦》中，无论是宝玉之梦，还是贾瑞之梦，无不是寓言化的关键依托；而这月娘之梦，亦不乏同样的作用。照此说来，还要赞这笑笑生，如此繁复的梦中景致，精细妥帖的心理逻辑，于四百年前的小说家中，有第二人乎？

且慢也———刚才还在挑刺儿，这会子调门又变得如此之高？须容在下解释一二。

其实也没有矛盾，笔者责西门之时，其实也是对那男权的俗恶，不得不加以挞伐。说小说的叙事之时，又无法不服膺于笑笑生的笔墨，因为他写出了人间的真相，并非是对美德的歌赞。那歌赞者是道德家，类似小戴和老辜所要做的事情；而小说家之使命，便是要和盘托出，写尽那人间善恶，人性的真髓。

然问题就在于，竹坡所赞，是小说家的道德心；而在我看，便是鲁迅所喻："经学家看见《易》，道学家看见淫，革命家看见排满，才子看见缠绵……"自然，那是说《石头记》也，但于《金瓶梅》又何尝不是一样？笑笑生或许无力拯救那已然沦陷的世风，但于人心，则准备了一把刀子，让那骄纵似西门者，倚仗财富、欲望、帮会与驴具者，随时能够看见，那幽暗处的寒光闪闪。

还要怎样，夫复何求？

七　两曲唱罢梦归一

旧日豪华事已空，银屏金屋梦魂中。黄芦晚日空残垒，碧草寒烟锁故宫。隧道鱼灯油欲尽，妆台鸾镜匣长封。凭谁话尽兴亡事，一衲闲云两袖风。

这首诗，出自同朝的前人，李昌祺所编之《剪灯余话》，在卷二的"秋夕访琵琶亭记"中，是有故事有意境的。在笑笑生这儿，只改了起首的四字，是将原作中"凤舰龙舟"，改作了"旧日豪华"，在下以为改得好。关于此诗来历还有说法，民国学者陈衍，在其《元诗记事》

中，将此列为元人之作，此处不考。因为历来明清小说里，所"镶嵌"的大量"诗歌副文本"，有出自作者之手，然更多者，则是借用古人，或是随手抄来，多不曾注明出处。这也应了"古来文章一大抄"之说，《金瓶梅》亦不例外。

官司不提。奈何作小说之人，多不愿署其真名。"笑笑生"是个戏谑的化名，"××山人"或"××堂主"，都属搪塞的办法。至于著述的性质，多乃是"编次"。编次而已，你奈其何，人家也是老老实实说的，不以"著者"欺世。即便那雪芹先生，也照例在作者问题上，设了障眼的迷雾。

自然，原因如避"文字狱"者，还有多种，但这些都属题外了，打住。至此，笔者想说的是，这最后的一回中，作者的伟大手笔，真个毕现于纸上了。年幼时读之，只觉得无趣，料作者为仓促收束，敷衍结局。然中年之后，方识得其妙，国破交织家亡，人世始显沧桑，真个儿是千般滋味，百感交集。

但那闲笔，也依然显得漫不经心，先说了春梅之祸，又述了王六儿一家的聚散，中间隐约可见的，才是大宋之亡，二帝被掳为囚。至结尾处，是山河倏然之崩碎，盛世于梦中而烟散。那金兵所到之处，四野哀鸿，黄沙蔽日，"男啼女哭，万户惊惶"，"闭门关户，十室九空"，多少宫人红袖哭，岂无王子白衣行。

家国家国，这才是无家亦无国。至此，月娘领着散败家小，无处可投，慌乱中所至，乃是小说开头说到的永福寺。仿佛前世注定，所谓草蛇灰线，自此更显分明。有一普静和尚，引导月娘母子来到寺中，言起前番所许，要月娘还剃度一僧之愿，所说不是别人，正是其命根子，西门家唯一的骨血——生于西门庆死去当日的儿子孝哥儿。

月娘如何肯依？再三求告。此时她的心思里，乃是携子完婚的梦想，要往济南府去投那做着官的亲家云理守，想着，倘若能够，则余生无憾了。可是就在那一夜，月娘得了最后一梦，那姓云的，还想打她的主意，这让早已心如止水、誓同死灰的月娘如何受得，坚意不从。而那恼羞成怒的云理守，则一刀砍死了孝哥儿。

此是凶梦，但也惊醒了梦中人，月娘的执念因此而破。随后，那普静则用法术，为她点破了谜底：

又步来到方丈内，只见孝哥儿还睡在床上。老师将手中禅杖，向他头上只一点，教月娘众人看。忽然翻过身来，却是西门庆，项带沉枷，腰系铁索。复用禅杖只一点，依旧是孝哥儿睡在床上。月娘见了，不觉放声大哭，原来孝哥儿即是西门庆托生。

大结局来矣。那和尚手势所指，恍了一下众人的视线，一股风起处，与孝哥儿一起不见了踪影。还希图养大这孩子，指望他承家嗣业，不想今日幻化而去。

读到此处，众人也终于明白，西门之来世，其实是来赎偿前番孽业的，早度他出家，便是早日了断尘缘。

这与《红楼梦》的结尾，又是何其相似，不只是"异曲同工"了。那宝玉被一僧一道挟持而去，归于大荒，而此处则是由普静和尚化风而逝，难道没有"抄作业"的嫌疑么。

有便有，又如何。这教育我们，伟大作家也避免不了借鉴——在你那儿是抄袭，在人家那儿便是致敬，是对伟大正典的认同，皈依，乃至切磋。有甚理可讲？

竹坡的评点中说，以玉皇庙始，以永福寺终，难不成也有深意存否？在下以为，或许是有的。这道家的玩意，养生中不避淫邪，用丹药而逗淫欲，西门庆不只以此缘而"热结"团伙兄弟，而且也算受其所害。虽说，那给药的"胡僧"也害了他，但这佛门中还有一项，便是赎罪的轮回，结尾处，再次印证了这一点。

至于那春秋大梦，在下以为，若不能与人生的悲欢离合、生死残败相遇合，也难有这般的深远含义。繁华世界，淫乐故园，似一枕黄粱，登时灰飞而烟灭。这是吾族先人，在无数野史稗记中，所要反复叮嘱我们的。虽说也并无多少引登彼岸与论述终极的哲学高度，但训谕肉身凡胎，悟化人间万象，教导隐恶扬善，宣示正义归宗，总还是有些意义的罢。

噫，倏忽六梦，人间六结。未知拙笔有解否？即不能解，作为疑问，以献智者；若能助众生一二，解其万一，则满足矣；而若能刺美讥恶，与剖视人心沾上点边儿，则快意矣，不虚此行矣。善哉！

春梦
六解

解梦后记

序·说梦记

宝玉之梦

克劳狄乌斯之梦，抑或风月宝鉴

贾瑞之梦

浮士德之梦

宋公明与黑旋风之梦

西门之梦

解梦后记

本书的写作历时将近一年，酝酿和构思的时间就更长些。

还要首先感谢程永新先生，没有他的鼓励就没有这些文字。数年前，他曾当面邀请我为《收获》杂志写点文字，我当时觉得他只是客气一下并没有当真。后来再遇，他又认真提及，且对我的文字有些鼓励。我遂大为感动和感念，古有"士为知己者死"，于是便表了忠心，说一旦想好了写点儿什么，马上汇报。

但还是不敢汇报，我想须先行写好几篇之后，方才奉上，以供裁断，看是否够格。于是去年秋，我开始撇下手里的俗事烂活，尝试写点不一样的文字。写着写着，发现文气渐渐舒展了许多，可以按照原来的想法走下去了，便鼓足了勇气，如丑媳妇见婆婆一样，忐忑不安地将文章发了去。

不想得到了肯定，而且他说，"还可以再放得开些"。得此令，我当然又趁机解放了一次思想，努力挣脱掉身上原来做批评的那个厚厚的套子，争取蜕变为一个新的自我。于是便有了这些文字。

进入 2020 年 2 月，春之脚步尚未抵达，而新冠疫情倏然爆发，所有人不得不改变了工作与生活的方式。居家，线上，生活变得沉闷而又不真实，之外还要再加上不安和恐慌，仿佛人生的所有规则都要修改。我在这样的心境和心情中，来书写余下的文字，便不觉中有了某种变化，觉得现实的某些氛围与气息，也不知不觉地渗入了文字之中。

我只用了原稿中的一篇，又重起炉灶，这样第二至第六篇，实际上就都是 2020 年 2 月至 8 月的产物了。这样也好，觉得总体上各篇的文气基本是通的，它们搁在一起更像是"一本书"，而不是"系列文章的结集"。

本书在严格意义上是一部"作品"——我希望读者将之看作是一本"非典型的散文随笔集"，或是一部任何意义上的"纯虚构"作品，就是不要将其看作是一本"学术著作"，这是我要特别提醒的。因为要真的从学术的角度看，本书中的许多分析，都会被视为是"胡说八道"；但如果是从文学作品的角度看，便会很不一样。

照理说，书出来之后，作者就不需要再为之说什么了，任由读者对待好了。但我还是要饶舌几句，算是一个自行要求的"豁免"。一旦逃脱了学术的视野与尺度，那么说得对与不对就不重要了，只要有意思，便是可以存在的。

但即便如此，我想这部书中仍然有学理的成分。如果完全没有，那么也便真的成了胡说八道，就没意思了。

我的想法是，用六个梦来涵盖"男权世界"里的秘密。当然也不只限于男权，因为男权无时不在，无处不抵。这个世界的一切秘密皆与此有关，人性的一切黑暗与丰富，也都与此有脱不开的干系。故我视之为解开精神世界的一把钥匙，如老子说的"众妙之门"，我以为也在于如何打开。梦构造和梦叙事，或许就是文学乃至人的精神世界、幻想与幻象世界的基本图式，所以必须要解开。

六个梦，大概可以这样理解：包含了人的基本的性经验的构造、属性，及其作为建构整个生命经验之原点的"春梦"（宝玉之梦）；作为伪君子、权力合法化与道德化装之需要的"伪君子之梦"（克劳狄乌斯之梦）；作为"色与空"两个向度的辩证合一的"色情与深渊之梦"（贾瑞之梦）；作为善与恶的纠结、肉身与思想的交融的"恋母的和自我反思升华的梦"（浮士德之梦）；作为造反者的内心恐惧，以及自我合法身份的确立之需要的"政治之梦"（宋公明与黑旋风之梦）；作为男人的占有私欲的"妻妾成群梦"（西门之梦）。刚好从六个不同的侧面，概括了这男权世界的诸种秘密。

当然，这样说也言不及义，或是把问题简单化了。我并不想将六个故事完全概念化，而是希望它们感性且放荡地出现在那里，任由读者来观赏、思考、审视、提点，甚至羞辱和唾弃。

但我还是认为，无须简单地唾弃——即便是对于西门之梦，也不要仅仅抱了唾弃。文学的使命，假如说真正存在着一个永不过时的属性的话，那么就是对于人性的观照、发现、悲悯和宽宥。人类的文化和文明可能会有"进步"，但人性，我以为则是永恒的，包括人性的一切弱点。尽管道德作为历史范畴会不断变化，但人性则永远不会有根本改变，它不会随着物质的丰富和文明的增长，而变得更崇高。除非将来人类用科技和仪器，能对DNA实现修改。

这就是上帝在造人的时候，所专设的一个可怕后门。他永远掌控人类，需要的时候就将他们逐出乐园，但又不会让他们脱出可控制的视线。因为所有弱点都是他深思熟虑，且以自己为蓝本，创造或赋予人类的。

所以，解梦的过程，亦即探索人性复杂性的过程。是一个历史寻访和情景重现的过程，一个寻找文学中的范例的过程，也是对于现实进行思考和印证的过程。简单讲，历史和现实，需要互相发现和照亮，互相证明对方的存在，如同镜像和紧随其形的影子。

我深深地从中得到了某种满足和启示,觉得这也是一个反思男权、反思人类、反思自我的过程。解剖对象某种意义上必须也是解剖自身,否则这种解剖就是虚伪和浅尝辄止的,是无益于自我的处置和安放的。当然,当我看清了某些男权的本质的时候,也并不意味着我与此割席断交,实现了自我的救赎。

在长达三十年的文学研究生涯中,我发现,精神分析学是一把最有意思的钥匙,形象一点说,了解了精神分析学就等于有了一双爱克斯光机般的眼睛。分析文学作品,会一下子看到其内里的复杂结构,看到其隐秘的"潜叙事"。这方面我的兴趣产生得很早,当年我在海德堡大学讲学时,就斗胆做过"精神分析学与中国当代文学"的演讲。虽然浅尝辄止,但也表明了那时我的敏感。这些年来逐渐积累了一些心得,一些"溢出性"的思考,也就不揣浅陋,在这本书里有些许渗透。

细心的读者可能会看出,本书的文字中,关于精神分析,或许还有一点点"本体论的冲动",希望能够用中国人的方式,主要也是本土的材料,来诠释一些普遍性的问题。但吾亦深知,在这方面做学术的研究,如同在沙地上建大楼,在泥滩上修长城,并没有谱系化的理论来作为根基。所以,我不敢将文字处理成纯粹学术性的探讨,而只是用了跳跃的和随感性的文字,来进行连缀。

还有"比例分配"的问题,六个梦,四个属本土,两个托自外来。

这个比例是怎么来的，我自己也没有完全想明白，可能是个偶然，也可能冥冥之中有个定数。这源自笔者长期的注意力所在，还有思考的程度。因为是"原型"，所以不能随便命名，还必须有文本的真实出处，所以颇费心思，最终如此，或许还有个人知识的边界所限。或许中外有更好的例子，笔者未曾找到，但这个比例，似乎刚好也说明了本书知识构成的比例。尽管笔者所发掘的本土的那些材料，是相对原生和封闭的，但在与精神分析的视野接通之后，反而生发出更多有意思的东西。一点点陌生感，反而给了我的写作过程，以比较大的刺激。

快快打住，以上算是一个坦白交代，意图与想法，都已和盘托出了。

历时半年多，其实是超出一年。感觉到了"写专栏"的刺激和难度，特别是赶时间的仓皇和狼狈。特别害怕店家来催债，有时永新先生一个短信，便会让我虚脱冒汗。还有钟红明副主编，她是一个以编学术文字式的严谨态度来编作品的人，故不怒自威，让我战战兢兢，有时梦中忽坐起，梦见自己文字出了大错。她找出了我的许多误漏，一一给予了校正，使我获益良多。

也感谢人民文学出版社的臧永清社长，以及本书的编辑樊晓哲女士，蒙他们不弃，使此书得以如此迅速地面世；也感谢著名作家李洱，他的鼓励和美言，绝对是重要的催产因素。

末了，忽想起了鲁迅《野草·题辞》中的句子，不是取意思的近似，而是纯粹喜欢那语气:"我以这一丛野草,在明与暗,生与死,过去与未来之际,献于友与仇,人与兽,爱者与不爱者之前作证。"想必他老人家,在写出了这些自以为得意的、有点儿爱不释手的文字之后,也想抒抒情,觉得自己是如释重负,放下了一件心事,所以乃有了立刻告别它们的冲动,以及这些刻意含混其词的诗意说法。

"去吧,野草,连着我的题辞",这是他最后的一句话。

笔者也厚颜地拿来套用一下:"去吧,六解,春梦,连着我的后记。"

2020 年 10 月 10 日,北京清河居